愛とバクダン

中原一也

JN266344

目次

CONTENTS

イラスト――水貴はすの

愛とバクダン

開店前の店内で、竜崎《りゅうざき》は一人スツールに座って紫煙をくゆらせていた。ＢＧＭはないが、旨《うま》い酒とタバコがあれば十分である。

このショット・バー『Ｊ＆Ｂ』は竜崎の悪友が経営する店で、好んで通う店の一軒だ。常連にしかわからないような場所にある、大人の隠れ家。ここは酒が旨いだけではなく、何にも代え難い束《つか》の間《ま》の安らぎがあった。

「橘《たちばな》君、深見《ふかみ》の奴は何やってんだ？　人のこと呼び出しといて」

「すみません。すぐに戻りますので」

「橘君が謝る必要はないよ。悪いのはあいつだ。しかし君もよくあんな奴の下で働いてるなぁ。図体はデカいし鬱陶《うっとう》しいだけだろう？」

竜崎の言葉に、人のよさそうな青年は優しげな笑みを漏らす。

「でも、僕のバーテンダーとしての腕を最初に買ってくれたのがオーナーなんですよ」

相変わらず人の悪口とは無縁の男に、竜崎は『あんな男のどこがいいんだ』とばかりに肩を竦《すく》めた。

少し痩《こ》けた頰《ほお》、そしてうっすらと生えた無精髭《ひげ》。いつもよれよれのジャケットを羽織り、くたびれたキャメルを唇に挟んだのが竜崎英彦《ひでひこ》の基本スタイルだ。着痩《きや》せするのに加え、少し猫背なのが手伝って背はそう高くは見えないが、その下には鍛えられた躰《からだ》が隠されている。

体脂肪率が十パーセント以下というボクサー並の肉体は、贅肉《ぜいにく》という贅肉を削った見事なものだった。それに加え、銃創が三カ所。

竜崎が探偵事務所を開いて約二年が経《た》つが、刑事時代に培った尾行や聞き込みなどのテクニックに持ち前のしぶとさが加われば、仕事が軌道に乗るまでそう時間はかからないのは当然だった。探偵業とは、プライバシーに関《かか》わることもあり口コミでは広がりにくいものなのだが、刑事時代の竜崎を知っている人間を始め、その噂《うわさ》を聞きつけて事務所のドアを叩《たた》く者は、そう少なくない。

そんな竜崎に、悪友が弟を雇って欲しいと言ってきたのはつい三日ほど前——。

開店前の店内でこうして酒を呑《の》んでいるのは、そういうわけだった。

「しかし深見の奴、本当に遅いなぁ。な、橘君。こんな店辞めてうちに来ないか？」

「僕なんかお役に立ちませんよ。荒っぽいことは苦手ですから」

「橘君だったらいるだけでいいよ。俺の専属バーテンなんてどうだ？」

「おい、クソ探偵。うちのバーテンにふしだらな言葉をかけるな。ったく、お前が来ると店の品位がさがるよ」

振り返ると、深見が不機嫌そうな顔でこちらを睨《にら》んでいた。

「遅ェぞ、深見」

「お前はほんっと品のない奴だな」

「ジョークの一つも理解できんのか、お前は。見た目も岩みたいだが頭の堅さも岩並だな」

「何を言いやがる。この節操なし」

言いながら深見は隣のスツールに腰をかけ、橘にバーボンのロックスを作るよう言った。お互い口汚く罵《ののし》り合う男たちの会話を微笑《ほほえ》ましげに聞きながら『J&B』が誇るバーテンダーは手早く準備する。

「そう言えば竜崎。國武《こくぶ》の奴な、課長になったらしいぞ」

「へぇ。じゃあここで盛大に祝ってやるか。あいつ、絶対嫌がるぜ？」

「メッセージつきのケーキでも買うか」

「お、いいねぇ。チョコレートで『昇進おめでとう』なんてデコレートしてさ……。ハートマークもつけてやろうぜ」

「お前、性格悪いぞ」

「そっちこそ」

二人でケタケタと笑っていると、橘は深見の前にグラスを置いてから奥へと消えた。こういう気遣いはさすがである。腕のいいバーテンダーほど空気を読み取るのが上手い。そして、さりげない。

店の中に二人きりになると笑い声がふと途切れ、竜崎は急に真面目《まじめ》な顔をした。

「で？　どうしたんだよ、急に呼び出して。お前の弟を雇えって話なら、履歴書持たせてこうちによこせば済むことだろ？　この前も電話で言ったじゃねェか」

「まぁ、そうなんだが……」

深見はそう言うと、少し難しい顔をしてこう続けた。

「一つ問題があるんだ」

「問題？」

「……ああ」

めずらしく思いつめたような顔をしたかと思えば、深見はそのまま口を閉ざした。気心の知れた仲だけに、こんなふうに言い澱《よど》むことはあまりない。深見はまるで『酒でも呑まないと言い出せない』とでも言うようにグラスを呷《あお》り、ふぅ、と溜《た》め息《いき》をついた。

そしてまず、こう一言——。

「俺の弟は美形だ」

「……」

竜崎は、思わず『はい？』と間の抜けた声を上げそうになった。それを見て、深見はムッとした顔をする。

「おい竜崎。今馬鹿にしたろう？　だが本当だ。絶世の美青年だ。すごいぞ」

絶世の美青年なんて日本語あるのか……、と思いながら、心配した自分が馬鹿だったと激しく後悔した。

「岩のような顔して何を言い出すかと思えば……アホらしい」

「茶化すな」

「弟自慢をするために俺を呼んだのか？　俺は帰るぞ。ったく……」

「おい待て。そんなわけあるか」

じゃあなんだ……、と続きを催促しながら、竜崎はスツールから下りるのを諦《あきら》め、仕方なくもう一度座り直す。

「ホラ、早く言え」

「お前だから言うけどな、……謙二朗《けんじろう》は、女がダメなんだよ。女嫌いってやつだ」

タバコを挟む指先が、ピクリと反応した。

女嫌い――わざわざそんなことを教えるということが何を意味するのか。竜崎がバイセクシャルであることを、この男は知っている。

「女がダメって、つまりゲイってことか？」

「いや、男はもっとダメだ」

「……、……」

「お前が男女関係なく寝る節操なしだってのは知ってる。もし、俺の弟を雇うことになっても絶対に手を出すなよ」

人に頼み事をしておいて、この言い草である。深見でなければ一発叩き込んでやるところだ。だが、それもわかるような気がした。

この男は昔からブラコンの気があったのである。

いや、単なるブラコンと言うより、腫《は》れ物《もの》に触るように扱っているというのが会話の端々から読み取れた。会ったことはないが、この男の弟に複雑な事情があることはずっと以前から気づいていたのである。しかも弟だけではない。具体的にはわからないが、生まれ育った家庭そのものに大きな問題がありそうだった。

「とりあえず履歴書を持ってこさせろ。話はそれからだ」

「わかった。だが絶対に手を出すなよ」

しつこいくらい念を押され、いささかうんざりした竜崎は岩のようなゴツい男をじっと眺めた。

「お前と血が繋《つな》がってんだろう？　だったら安心しろ。世の中に俺とお前の弟二人きりになっても絶対手は出さねェよ」

「本当だろうな」

「だぁ〜れがお前の弟なんか……こっちから願いさげだね」

ケッ、とばかりに吐き捨て、バーボンを呷る。すると深見は、まるで脅迫するかのようにドスの効いた声で言った。

「竜崎。その言葉、忘れるなよ」


反則だ。

竜崎は火をつけたばかりのキャメルを深く吸い込むと、目の前に座っている青年を見ながら心の中で呟《つぶや》いた。眉間《みけん》に皺《しわ》を寄せた難しい顔のまま紫煙の向こうにいる青年を凝視し、溜め息をつく。だが、何度見ても一緒だ。

この見てくれは完全に反則である。

「名前は？」

そう聞くと、青年はチラリと視線を上げた。

「名前くらい言えないのかと聞いてるんだ」

「……、……深見謙二朗。アンタ、字ィ読めねーのかよ？」

面接に来ているというのに、この言い草だ。確かに、あの深見の弟に違いない。

話が違うぞ。——いや。話そのまんまだ。

竜崎は、自分が甘かったと痛感した。岩のようにデカくてゴツい男の弟は、間違いなく岩だと思っていたのだ。少なくとも、ここまでとは予想していなかった。

DNAはどうした。隔世遺伝なんて可愛《かわい》いものではない。これはもう突然変異。

そんな言葉が次々と浮かんでくるのである。

「字ィくらい読める。坊やが自分のお名前をちゃんと言えるか聞いてみたんだよ」

「はっ、そうかよ」

「そうだよ。で、歳《とし》は？」

「二十二」

そう答えた謙二朗は、十七〜八でも十分通るほど若く見えた。声も少し高めで大人のそれになりきってはいない感じもしたが、語尾が少し掠《かす》れたようになるせいか妙な色気もある。

それを聞きながら、淡々と質問を続けた。

「免許はバイクだけか？」

「車くらい運転できるよ」

「じゃあ書いとけ」

「免許は持ってねーんだよ」

「……、じゃあ車の運転は禁止だ。ったく、使えねぇ奴だな」

竜崎はいったんそこで話を中断させ、タバコをゆっくりと吸いながらソファーの背もたれに躰を預けて謙二朗を見た。

象牙《ぞうげ》色のしみ一つない肌に血色のいい唇。軽く脱色されたストレートの髪の毛は襟足を短く切り揃《そろ》えていて、滑らかそうな首筋を惜しげもなく晒《さら》している。

これは目の毒である。

さらに、伸びかけの前髪の向こうから送られてくるゾクリとするような視線。そこからは、ギリギリに張りつめた何かを感じるのだ。まるで切れ味のいいナイフのように、安易に近づけばざっくりと皮膚を切られる――そんな危険な匂《にお》いが漂ってくる。

原因はやはりコレか……、と竜崎は手にした履歴書にそっと目をやった。

職歴の欄には、ご丁寧に少年院に入っていたことまでが記載されていた。深見から聞いてはいたが、わざわざこうやって書くなんて当てつけ以外の何ものでもない。

（この面で入院《はい》ってりゃあ、まず無事じゃねェだろうな……）

下司《げす》な詮索《せんさく》とも取れるが、もし雇うとなるとある程度覚悟しておいた方がいいと、敢《あ》えて想像してみた。この面でこの向こうっ気の強さなら、まず、犯《や》られる。

性欲を持て余し、目をギラギラとさせた少年たちが所狭しと詰め込まれているのだ。ちょっと顔がいいだけでも、すぐにターゲットにされる。集団リンチというのは、殴る蹴《け》るだけではない。性欲の捌《は》け口にされることも、めずらしくはないのだ。

どうしようかと一瞬迷い、竜崎は軽いジャブのつもりでこう聞いた。

「じゃあ最後の質問だ。お前、週に何回やってる？」

「……？」

「週に何回やってると聞いてんだ」

いつまでも怪訝《けげん》そうな顔をしている謙二朗に、竜崎は呆《あき》れたような顔をする。

「オナニーだよ」

そう言うと、頬がサッと赤く染まった。

「そんなことアンタに関係あんのかよ？」

「あるね」

「なんでだよ？」

「仕事によっちゃあ何日も事務所に泊まり込んだりするんだ。仮眠取ってる最中に便所でこっそり抜かれちゃあたまらん。ここの便所のドアは薄くてな。しかも俺は耳がいい」

もっともらしい理由をつけると、謙二朗は目を逸《そ》らしてボソリと呟いた。

「……人のいるところでするかよ」

「今はそう言ってるがたまるとついやっちまうんだよ、若い奴ってのは。だったら最初にどれくらい耐えられるか知っておいた方がいい」

「ンなの知るか」

「そうは行くか。こっちは仕事が絡んでんだ。ホラ、言えよ。週に何回抜いてる？」

「……」

「何回だ？」

執拗《しつよう》に問いつめると、忌々しいとばかりにギリリ、と睨みつけてきた。謙二朗にとっては、口にできないほど恥ずかしいことなのか。

血が滲《にじ》みそうなほどに噛《か》み締められた唇は微《かす》かに歪《ゆが》み、なぜか性的なものを感じさせた。あの口に……、と妙な方向に思考が走ってしまう。

サディスティックな気持ちになりながらも、これ以上やると単なるセクハラになってしまうと追及をやめた。

「冗談だよ、冗談。何、本気になってんだ？」

その言葉に、謙二朗は苛立《いらだ》たしげに『チッ』と舌打ちする。くだらないことを言う男に対してか。それとも、その質問に答えなくていいとわかって安心した自分に対してか。

だが、これではっきりとした。

経験はどうであれ、精神面では性的にかなり未熟なのだ。まるで自分の父親に『最近胸が大きくなったな』と言われた女子中学生のような反応だった。単に潔癖性だとかいうレベルではない。もっと根深いものを感じる。

だからこそ深見もあそこまで『手を出すな』と念押ししたのだろう。

(コイツは絶対にヤバイな……)

竜崎は、自分にそう言い聞かせた。あまり関わり合いになりたくない相手である。

窓の外では、生き急ぐかのような蟬《せみ》の声が絶え間なく続いていた。コンクリートに埋めつくされた街だというのに、蟬はどこからともなく湧《わ》いてきて街路樹の中でわめき立てる。わんわんと頭に響いてくるその声を聞きながら、どうすべきか考えた。

悪友と血の繫がった弟でかなりの美形。しかも竜崎好みの向こうっ気の強さに加え、男も女もダメときた。男がダメな理由は少年院にあると想像はつくが、女がダメな理由はまったくわからない。

俺の手に負えるような相手じゃない——竜崎の出した結論はそれだった。

欲しいものが目の前にあるというのに、散々待たされた挙げ句に『ハウス!』と命令され、涎《よだれ》を垂らしながらすごすごと犬小屋に戻るような真似《まね》もまっぴらゴメンだった。いったん面接を終わらせ『今回は残念でした』と自宅に履歴書を送り返せば済むことだ。

だが、これで面接は終わりだと口を開こうとしたその瞬間——。

「で？　断る理由は見つかったのかよ？」

「！」

「兄貴が雇ってやれっつったんだろ？」

謙二朗は悟りきったような目をすると、ポケットから出したタバコに火をつけた。そしてそれを指で挟み、唇をペロリと舐《な》める。

「昔からお節介だったんだよ。兄貴は」

少し忌々しげにそう言い、指でトン、と叩いて灰を落とした。

「アンタだって本当は迷惑だったんだろ？　少年院経験のある奴なんて誰《だれ》も雇いたくねーよな。だけど友達に頼まれたら断れない。違うか？」

「……」

「悪かったな。兄貴には俺から適当に言い訳しとくから」

そう言うと、つけたばかりのタバコを灰皿にキュッと押しつけ、ソファーから立ち上がって出口へ向かった。その背中は『これ以上踏み込むな』と無言のオーラを発している。

俺に構うな。俺に触るな。俺のことはほっといてくれ。

謙二朗が今日ここへ来たのも、雇ってもらおうと思ったからではない。友人に弟を押しつけられようとしている男に、断る口実を作ってやるためだったのだ。

なんて奴だ……、と思いながら、竜崎は深く考える前に口を開いていた。

「おい、待て」

「……何？　まだなんかあんの？」

ドアのところで振り返った謙二朗は、あの兄貴が言う通り絶世の美青年だった。

「誰が雇わないって言った？」

『アホ、やめろ』と自分に言い聞かせるが、ひとたび言葉を発し始めると止まらない。

「うちは人手が足りないんだ。すぐ使える奴が必要なんだよ。過去なんかどうでもいい」

その言葉に、謙二朗は意外そうな顔をした。だが『雇ってくれるのか？』とパッと表情を変えるようなことはしない。疑い深い冷めた視線を送ってくるのである。

「無理すんなよ、おっさん」

おっさん……、と竜崎は謙二朗の台詞《せりふ》をそのまま反芻《はんすう》した。

おっさん。

その言葉に少しばかりがっくりときた。確かに、一回りも歳が違えばおっさんだろう。本当に可愛くない野郎だ。気は強いし口は悪い。しかしとことん好みだ。深見の弟でなければ、さっそく口説《くど》いていたところである。

竜崎は危険なのを承知で、扱いにくそうな青年にこう言った。

「とにかく明日から来い。仕事はそのつど教える。それからお前な、敬語くらい使え」

「……、……わかりましたよ、竜崎さん」

当てつけるように言うと、謙二朗はそのまま事務所を出ていった。一人になると、竜崎は革張りの古いソファーにふんぞり返り、タバコを咥《くわ》えたまま天井を仰ぎ見て独りごちる。

「あ～あ。やっちまった」

謙二朗の自分を見る目は、最後まで警戒心に満ちていた。人を信用していない目。自分のテリトリーを守ろうとする者の目。

いったい、自分が何をされると思っているのだろう……。

(エロい目ェしやがって……)

眉間に皺を寄せながら頭をボリボリと掻《か》く。そしてしばらくすると、竜崎はソファーから立ち上がり、窓の外を見た。

(ほんと厄介なのを押しつけてくれたな、深見……)

昼間でも蛍光灯の光が必要な事務所の中から見ると、街路樹の濃い緑や乾いたコンクリートは目を細めたくなるほど眩《まぶ》しかった。蟬の声も照りつける太陽も、狂ったかのように容赦がない。燃え盛る生命《いのち》を眺めながら最後の一口を味わうと、机の上に置きっぱなしにしてあった空き缶の中にタバコをねじ込む。

熱い夏になりそうだった。

「ホラ、言え。『毎度ありがとうございます。竜崎探偵事務所でございます』だよ」

竜崎は自分の机の上に足をのせたまま、謙二朗を目の前に立たせて顎《あご》をしゃくった。

「ホラ。言えって」

もう一度催促すると、切りつけるようなぞくりとする目で睨み返してくる。

「こんなボロ事務所でそんな クソ丁寧な言葉使うのかよ？　ばっかじゃねーの？」

「何言ってんだ。探偵ってのはな、まだまだ胡散臭《うさんくさ》い商売ってイメージがあんだよ。顔の見えない相手だからこそ丁寧な言葉遣いで応対すんだろうが。ホラ、言え」

「……、……」

いつまでも唇を噛んだままの謙二朗に、竜崎はわざと挑発的な態度を取り続ける。

「ロクに電話番もできないんじゃあ雇えねぇな。なんなら辞めたっていいんだぜ？」

「誰が辞めるっつったよ？」

なんて気の強い男なのだろう。軽い挑発にもすぐに乗ってくる。

タイミングよく事務所の電話が鳴ると、謙二朗は不満げな表情をしながらも『仕方ない』とばかりにそれに手を伸ばした。だが、先に受話器を取ったのは竜崎の方である。

「はい、竜崎探偵事務所」

「！」

視界の隅で、謙二朗が激しく反応した。竜崎にはそれがおかしくてたまらない。事業資金融資のセールスを五秒であしらって受話器を置くと、案の定、謙二朗は喰《く》いかかってくる。

「何が『顔の見えない相手だからこそ』だ。自分は普通に電話取ってんじゃねぇか！」

「こんなボロ事務所でそんなクソ丁寧な言葉使うわきゃねぇだろうが。冗談だよ、冗談」

意地悪に笑ってやると、アルミのゴミ箱がガン、と大きな音を立てた。今朝《けさ》から謙二朗が何度もこうやって蹴りを入れているので、それはすでに変形してしまっている。

『覚えてろよ』と小さく漏らされた声を聞きながらククク……、と喉《のど》を鳴らした。

手を出せないぶん、竜崎はこうやってストレスを発散していたのだ。謙二朗の反応は面白いくらい顕著で、ついつい苛《いじ》めてしまう。あの目で睨まれるとぞくぞくするのだ。我ながらいい性格だと思いながらも、やめられない。

だが、これが竜崎流のコミュニケーションの取り方でもあるのだ。気を遣いながらお互いを探り合うような歩み寄りなんてまどろっこしい芸当は苦手なのである。そして、謙二朗の『少年院経験のある男でも平気で雇う胡散臭いオヤジ』に対する警戒心が解かれているのも、また事実――。

と、その時だった。

「竜ちゃあ～ん」

「……？」

いきなり入口のところからドスの効いたオネェ言葉が聞こえてきて、竜崎は机の上に足をのせたままそちらを見た。そして、入ってきた人物を見て目を見開く。

（げ……）

パンチパーマ並の癖のある剛毛に青く残る髭の剃《そ》り跡。角張った躰は深見並の大きさで、顔はヤンキースの松井秀喜《まついひでき》。だが、心は乙女《おとめ》なのである。

『スナック・九州男児《きゅうしゅうだんじ》』のママ、オリーヴは毎月この時期になると、ひと月ぶんの飲み代を集金しにやってくる。それを忘れていたのは、ひとえに竜崎の落ち度だろう。

「毎度どうも～。今月も頂きにきたわよ～ん。えーっと金額は……、――っ！　あらヤダ。どうしたのこの子っ。カワイイ～～～ッ」

「！」

目ざとく見つけられた謙二朗は、オリーヴの迫力にたじろいだ。まるでキングコングでも見たかのような顔をしている。

竜崎は慌てて二人の間に割って入り、襲いかかろうとするオカマを制止した。

「こら、オリーヴ。触るな触るな」

「えー、どうしてよ竜ちゃん。減りゃしないでしょ？」

「減ってたまるか」

そう言うと、今にも謙二朗を喰ってしまいそうな勢いだったオリーヴはつまらなそうに口を尖《とが》らせた。

（ったく、怯《おび》えちまったじゃねェか……）

チラリと謙二朗の様子を見て、竜崎は溜め息をつく。ほんの今まで生意気な口を利いていたのに、今は声すら出せないほど緊張しているのだ。自分に向けられる興味に対しては、過剰なほどに怯える。

実は今日の午前中にも、事務所を訪れた中年女性の依頼人が性的な視線で謙二朗を舐め回すように見つめた。その時も今のように、怯えていたのである。だが、謙二朗はあからさまに怖がるような性格ではなく、震える足を突っ張らせて必死で普通を装うのだ。ピンと張り巡らされた緊張の糸が今にも切れそうなほど軋《きし》んでいるのがひしひしと伝わってくるのに、絶対に背中を見せて逃げようとはしない。

それがまたいじらしくて、見てられない。

こんな癖を身につけざるを得なかったのかと思うと、過去にあった出来事を詮索せずにはいられなくなってくるのだ。

たった半日で、竜崎はこの青年に対する興味を雇用主が持つそれ以上に膨らませていた。

「謙二朗。お前バイクだったよな？　銀行から金下ろしてこい」

助け船だと気づかれないよう『今思い出した』というようにさりげなく切り出し、竜崎はハンガーにかけてあったジャケットのポケットから銀行のキャッシュカードを取り出した。

「調査費もいるから二十万な。落とすなよ」

「……わかった」

暗証番号を教えると、謙二朗は少しオリーヴを気にしながら事務所を出ていった。完全に怖がっている。

しばらく窓から下を眺めていると、ビルの間の細い路地からホンダのCBR900RR《ファイヤーブレード》が、このだらけきった外の空気を切り裂くようにして出ていくのが見えた。血のように深い赤のカラーリングは鮮やかで、それは通りに出ると太陽の光を反射し、あっという間に消えた。

謙二朗の走りは小気味いい。

あの細腰であれだけ乗りこなせるなんて相当のテクニックだ。バイクレーサーでも目指していたのだろうかと、ふと考える。

「いいの？　カードなんか渡して」

「持ち逃げするような奴じゃないよ」

「でも、とてもきれいな男の子だったわ～。あんな子、本当にいるのね」

「モーションかけるなよ」

タバコに火をつけ『いったい何があったんだ』と、竜崎は煙を吐いた。まるで手負いの獣だ。そんなに警戒しなければならないような目に遭ってきたのかと、あの不安定な青年に対する関心はますます深まるのだ。

踏み込むなと言われれば踏み込みたくなるのが、人間の心理――。

「ねぇねぇ、竜ちゃん」

「なんだよ？」

「あんなにきれいな子ってさ、どんなふうに射精するのかしら」

「――っ、……げほげほ……っ」

竜崎は思わず自分の煙にむせた。

人が深刻に考え込んでいるというのに、夢見る乙女のように両手を胸のところで組んでうっとりとしているのだ。その瞳《ひとみ》は潤み、きらきらと輝いてすらいる。

「ねぇ、あんな子でもオナニーするのよ。自分でおちんちん握って擦《こす》るんだからぁ～」

その言葉に、竜崎は脱力した。

「何をいきなり……」

「ねぇ、想像してみて。あの子がパンツ半分下ろしてカリいじりするところ」

「おい、オリーヴ」

「乳首もいじるのかしら。きっとピンク色してるわ。そしてツンって硬く尖るの」

「あ、あのなぁ」

「そしてあの細い腰をうねうねさせながら自分で扱《しご》くのよぉ～」

「……」

あからさまな言葉に、さすがの竜崎もそれを想像せずにはいられなかった。性的に未熟な謙二朗でも自分で処理くらいはするのかと、ついオリーヴと一緒に考えてしまうのだ。若い躰を持て余し、そこに手を伸ばす姿はやけに扇情的だった。

（想像させるなよ……）

この会話を謙二朗が聞いたら、どんな顔をするだろう……。

「謙二朗はダメだぞ」

「え～どうして？　あたしの愛を捧げてあげたいのー。あんなきれいな子見るの久し振りなんだモン。シャイなツバメちゃんって感じ？」

「何が『シャイなツバメちゃん』だよ。ああ見えて結構凶暴なんだぞ」

「でもでもぉ～」

「わかった、落ち着け。オリーヴ」

「ね。ね。じゃあ竜ちゃんがキスして。そしたらオリーヴ、我慢するわ。ん〜」

オリーヴは、べっとりとルージュを塗りたくった唇をタコのようにすぼませ、キスを催促した。それを見た竜崎は、頭をぼりぼりと掻きながら溜め息をつく。

（ったく、しょうがねぇな……）

暴走しかけた欲望を宥《なだ》めるには、そうするしかなかった。男どころか、女すら苦手な謙二朗に男性ホルモンの多いオカマが迫ったりしては一大事である。オリーヴの『愛を捧げる』は、その巨体で相手を押し倒して無理やりコトに及ぶのを意味するのだ。これまで何人の子羊がその餌食《えじき》になっただろう……。

童貞を奪われた男も、実はそう少なくない。

「わかったよ」

あいつの身のためだ……、と差し出された唇は避け、竜崎は髭の剃り跡が青く残るほっぺたにぶちゅぅぅ〜、とキスをしてやった。

「やんっ」

「ホラ。これで満足したろ？　俺がいつでもキスしてやるからイイ子にしてろ」

よしよしと頭を撫《な》で、竜崎は優しい言葉をかけてやった。肩を抱くことも忘れない。

だが、オリーヴはそれだけでは満足しないのである。

「でもダメよ、竜ちゃん。今日はそれだけじゃあ騙《だま》されないわ。こっちにも〜」

「!」

「ほらぁ〜ん!」

再び『ん〜』と迫ってくる唇に、さすがの竜崎も二の足を踏んだ。

(う……)

いつもならほっぺたで満足するのだが、謙二朗の美貌《びぼう》にオリーヴの欲望の炎はいつもより激しく燃え上がってしまったようだ。

しかし、このままでは謙二朗が危ない。

しばらく逡巡《しゅんじゅん》するが背に腹は代えられないとタバコを揉《も》み消し、その角張った顔を両手でがしっと摑《つか》んで決死の覚悟で対峙《たいじ》する。

男は諦めが肝心だ。

だが、唇を重ねようとしたその瞬間——。

(げ……)

ドアのところに立っている謙二朗と目が合ったのである。思わずフリーズした竜崎だったが、痺《しび》れを切らしたオリーヴがその胸倉をがしっと摑み、いきなり唇を重ねてくる。

「ぅんん〜〜〜〜〜〜〜っっ」

まるで掃除機のようなすごい吸引力で唇を吸われ、竜崎はじたばたともがいた。だが、オリーヴの腕力にはさすがの竜崎も敵《かな》わない。

たっぷりと唇を吸引され、肋骨《ろっこつ》が折れそうになるほど抱き締められ、解放された時は酸欠

状態である。

（し、死ぬかと思った……）

床に膝《ひざ》をついたままゼェゼェと肩を上下させる竜崎だったが、冷ややかな眼差《まなざ》しに気づき、気を取り直して立ち上がる。

「な、なんだ謙二朗。早かったな」

「忘れ物思い出して引き返したんだよ。俺も金下ろしたいし」

その目は『このエロオヤジ』と言っているようだった。まるで犯罪者でも見る目である。

奥の部屋から財布を取って戻ってくると、謙二朗はすれ違いざま、こう言い放った。

「口紅」

「……？」

「口の回り、口紅だらけだって言ってんだよ。みっともねぇ」

みっともねぇ。

その言い方に、さすがにカチンときた。

いったい誰のためにやったと思っているんだ。深見の弟でなければ無理やり突っ込んでひぃひぃ言わせていたところだ。

そんな物騒なことを考えながら、よせばいいのに、ついいらぬ口を叩いてしまう。

「俺が誰とキスしようがお前には関係ねーだろうが。それとも何か？　お前、俺が誰かとキスするのが気に喰わないのか？」

ブチ当たった。アルミの灰皿である。


「ンだと？　誰がテメーなんか」

「ほ〜。お前が俺に気があったなんて……」

シュ……ッ、と何かが飛んできたかと思うと、それは竜崎の顔の横スレスレを通って壁に
ブチ当たった。アルミの灰皿である。

「オイ、こら。謙二朗！」

「反射神経はいいみたいだな」

はっ、と挑発的に嗤《わら》うと、謙二朗は事務所を出ていった。

（あ〜あ。俺はなんでこう……）

竜崎は、大人げない自分を反省する。

「あら、喧嘩《けんか》しちゃったわね」

「誰のせいだと思ってんだよ」

「でも、怒った顔も可愛かったわ〜ん」

微塵《みじん》も反省の色を見せないオリーヴに怒る気も失《う》せて、気を取り直すかのように再びタバコに火をつけた。謙二朗がいるとタバコが増えていけない。もともとヘヴィ・スモーカーなのだが、今日は既に一箱半開けている竜崎なのであった。

竜崎は『J&B』のカウンターで頬杖《ほおづえ》をつき、ぼんやりと虚空を眺めながらちびちびとやっていた。時折『はぁ』と溜め息を漏らす男を見て、橘は思わずといった感じで笑う。

「どうしたんですか、竜崎さん。恋煩《こいわずら》いでもしているような顔ですよ」

「橘君。哀れな俺を慰めてくれ」

「では、今のアナタの気分に合いそうなものを……。僕の奢《おご》りです」

竜崎のグラスがほとんど空になっているのに気づいた橘は、ショットグラスにバーボンを注ぎ、口直しのチェイサーにビールを添えて出した。それぞれの酒を別のグラスに注いだだけだが、これでもボイラーメーカーというちゃんとしたカクテルだ。喉が焼けるようなバーボンと冷えたビールを交互に流し込むというかなり荒っぽい呑み方だが、女にフラれた男がヤケになって呑んだのが始まりとも言われるこのカクテルは、確かに今の気分に合っている。

自分はそんな顔をしていたのか……、と竜崎は苦笑しながらグラスを交互に呷った。

「ところで、オーナーの弟さんはどうですか？　見習いをしてるんでしょう？」

「……ああ」

謙二朗が来て二週間——。

実を言うと、あのおてんばにずっかり参っていたのだ。何を言っても憎まれ口。つっけば思った以上の反応が返ってくる。容姿だけいいのはいくらでも知っているが、謙二朗は中身も極上なのである。

苛めたい。滅茶苦茶《めちゃくちゃ》に苛め抜いて泣かせてみたい。『ごめんなさい』『許してください』と涙を流すまでとことん追いつめてやりたい――そんな邪《よこしま》な妄想に取り憑《つ》かれてしまっているのだ。そして同時に、自分の手の中にしっかりと抱き込んでべたべたに甘えさせたいという気持ちもある。

自分よりも一回りも年下の男にこんなに骨抜きにされてどうする。しかも深見の弟だ。

そう自分に言い聞かせながら、今朝、謙二朗が自分に言った台詞を思い出す。

『俺にはなんで仕事手伝わせてくれないんだよ？　そろそろ他《ほか》のことやらせてくれたっていいだろ？』

それは、いつまでも雑用以外の仕事をさせない竜崎への不満だった。

『親友の弟だからって特別扱いすんなよ』

確かに、言われてみれば特別扱いだった。

実を言うと、あの気の強さの裏にチラリと見え隠れする不安定な部分が気になり、本格的に仕事をさせるのはもう少し様子を見てからにしようと先延ばしにしていたのだ。謙二朗の強さには柔軟性が欠けている。いわゆる諸刃《もろは》の剣だ。

特に今やっている仕事はファッションヘルスで働く女の素行調査で、あの純情な男には到底無理な仕事だった。

依頼人の男は二十一歳。高校生の頃から女の知り合いだったが、一年前に客として再会。彼女は男にとっては高嶺《たかね》の花だったが『実は昔から好きだった』と告白され、店では禁止されているホンバンというやつで愛を確かめ、今では週に一度の割合で店に通っているという。

だが、女にモテたことなどなかった青年は、もしかしたら彼女の告白は指名を取るためのものので、他に男がいるのではと疑い始めたのである。

十日間調査した結果、女は白だったが依頼人はそれだけでは満足せず、自分以外の客にもホンバンをやらせていないか、どんなサービスをしているか調査して欲しいと言ってきたのだ。そんなに言うならヘルスを辞めさせるべきだろうと助言したが、どうしてもと引かなかった。断ってもよかったが、好きな相手に信頼されていない女が哀れでつい、引き受けてしまったのである。

『じゃあお前、客を装ってファッションヘルスに行って女がホンバンやらせてないか、一人で調べられるか？』

『！』

『お前にゃあ無理だろ？』

そう言うと、謙二朗はめずらしく素直に引きさがった。いつもなら一言くらい言い返すのだが、それすらもできなかった。

あの時の顔と言ったら……。

意地悪が過ぎたかと今さらのごとく反省し、ねじ曲がった自分の性格を呪《のろ》った。頼まれてもいないのに性的なことから遠ざけてやるような余計な真似をしておきながら、そのくせ自分は傷をえぐるようなことをしている。

そこまで考え、竜崎は謙二朗の顔を頭の中から追い出してから腕の時計を見た。

「あ、もう行かねェと。深見によろしく言っといてくれ。あと、店サボんなよって」

バーボン一杯ぶんの金をカウンターに置き、スツールから立ち上がる。

「今日はお早いんですね。用事でも？」

「今からファッションヘルスに行くんだよ」

わざとそんなふうに言うと、橘は口許《くちもと》を緩ませ、優しげな笑みを漏らした。

「どうせお仕事でしょう？」

「橘君はほんと優しいなぁ。誰かと大違いだよ。専属バーテンの話、本気で考えろよ」

「ご冗談を」

「本気だと言ったら？」

「それはありません。竜崎さんの頭の中は別の方のことでいっぱいのようですから」

軽くあしらわれて苦笑すると、竜崎は店を出た。通りでタクシーを拾い、二十分ほど走らせると目的の店がある一角で車を停《と》める。

そこは同じ繁華街でも、深見の店があるところとは随分趣が違っていた。

いかがわしい看板としつこい客引き。ねっとりと絡みつく空気は何も暑さのせいばかりではなく、通りすがる男どもを取り込もうとする者たちの声なき声が渦巻いている。竜崎は饐《す》えた臭《にお》いのする通りを奥の方へと歩いていき、とあるビルの前で立ち止まった。

女の勤め先は『プラチナエンジェル』という店だ。ここはビル全体がファッションヘルスになっていて、フロアーごとに違う店が入っているという仕組みになっている。

正直、竜崎もこういう店は苦手だった。確かに、気に入れば男も女も関係ない節操なしだが金が絡むと話は別なのである。行きずりでも、多少なりとも愛がなければ駄目なのだ。そこに義務が生じた時点で、気分は萎《な》える。

（さて、行くか……）

仕事だと自分に言い聞かせ、ビルの中へと入っていくと六階フロントへ直行した。

「いらっしゃいませ」

エレベーターの扉が開くなり受付の男性に笑顔で迎えられ、カウンターで依頼人の彼女を指名する。だが――。

「！」

竜崎は自分の目を疑った。

（――謙二朗……っ⁉）

プレイルームのある方から、深見のクソ生意気な弟が澄ました顔で出てきたのである。謙二朗は竜崎に気づいたが、そのまま素知らぬ顔で横を通り過ぎ、出ていってしまった。しばらく唖然《あぜん》として見ていたが、受付の男性が声をかけると我に返り、急いでエレベーターのボタンを押してそれに乗り込み、ビルの外へ出た。雑踏の向こうに謙二朗の背中を見つけると大声で呼びかけるが、一向に振り返る気配はない。

「謙二朗！」

竜崎は、人混みの向こうにちらちらと見え隠れする細い背中を追った。押し寄せてくる人の波を縫うようにして走り、角を曲がったところでようやく捕まえる。

「オイ！　待てって言ってるだろう。お前、あんなところで何やってたんだ？」

「何って仕事だよ。素行調査」

「！」

「俺が掃除や電話番だけしかできない無能な奴だと思ってたんだろ？」

謙二朗はそう言うと、勝ち誇ったような顔をしてみせ、再び歩き出した。

「お前、依頼書盗み見たな」

「悪いか？」

「勝手なことをするな」

「仕事させてくんねーからだろ？」

「お前にどんな仕事させるかは俺が決める。お前はおとなしく俺の言う通り……オイ、人の話を聞いてるのか！」

そう怒鳴りつけるが、謙二朗はいかにもうるさそうな顔をするだけで人の話など聞きもせず、駐車場へと入っていった。そこでは愛車のＣＢＲ９００ＲＲ《ファイヤーブレード》が、じっと主人が戻ってくるのを待っていた。ヘルメットを被《かぶ》りそれに跨《またが》ると、深紅の怪物はヴォンッ、と大きく吠《ほ》え、グルグルと喉を鳴らし始める。それはまるで謙二朗の僕《しもべ》でもあるかのように、竜崎を威嚇《いかく》しさえするのだ。

「謙二朗！　エンジンを止めろ！」

そう怒鳴るが、謙二朗はひときわ大きくエンジンを吹かし、わざと竜崎の声をかき消してしまう。そしてヘルメットのシールドを上げて、ゾクリとするような挑発的な視線を送ってくるのだ。

「報告書、今日じゅうに書いて机の上に置いとくから、竜崎さんはついでに遊んで帰れば?」

「お、お前なぁ!」

何か言ってやろうと思ったが、謙二朗はすぐさまバイクを出してしまった。竜崎はお手上げだとばかりに、その背中を見送りながら溜め息をつく。残された排気ガスが、まるで『ザマァミロ』と言っているようだった。

(ったく、何が『ついでに遊んで帰れば』だ。人の気も知らねぇで……)

わかってはいたが、とんだおてんばだと竜崎は頭を抱えた。気の強さは半端ではない。

だが、それだけではなかった。事務所に戻った時、謙二朗が一筋縄では行かない奴だということをさらに思い知らされたのである。

それは、机の上に置いてあった完璧《かんぺき》な報告書に目を通した時だった。

「マジか……」

そこには謙二朗が受けたサービスが克明に記されてあり、ホンバンを迫った時の彼女の対応までもが詳細にわたって書かれてあったのだ。

(ったく……どんな顔でサービス受けやがったんだ。無理しやがって)

目眩《めまい》を覚えながらもう一度報告書に目をやり、やめておけばいいものをつい気になってその部分を確認してしまう。

即フェラの後シャワーを浴び、マットサービス。キス、全身リップにフェラナイと続き、そして素股《すまた》でフィニッシュ。

自分でさえ気の進まない仕事だったというのに、あの女嫌いが恋人でもない見ず知らずの女にそれをやらせたのだ。

（くそ……）

無意識に親指の爪《つめ》を噛み、机の一点を凝視した。お前にゃあ無理だろ——あんなこと言わなければ、きっとここまでしなかった。激しい後悔が渦巻くが、自業自得なのである。

「よう、竜崎」

「……？」

ふと見ると、事務所の入口のところに人相の悪い男が立っていた。それを見た竜崎は、うんざりとした顔をする。

鋭い目とその下にある傷。全体を短く刈り込んだ角刈りに咥えタバコ。どこか竜崎と似た匂いのする男だ。何もこんな時に来なくていいだろうと言いたいが、人が嫌がる時に現れるのが刑事《デカ》というものである。

「なんだ、飯島《いいじま》か。勝手に入ってくんな。何度言わせるんだ」

「そう言うなって。同じ釜《かま》の飯を喰った仲じゃないか」

飯島は警察学校の時からの同期で、竜崎が四課にいた頃にも一年ほど同じ署で働いていたことがある。この男が自分にライバル意識を燃やしていたことは昔から薄々気づいてはいたが、刑事を辞めた後も時々こうして竜崎の前に現れるのだ。

お前は俺フェチか……、と嫌味の一つでも言ってやりたかったが『そうだ』と返ってくると怖いのでやめておいた。

「お前、新しい人間雇ったんだってな？」

「お前には関係ないよ」

「深見謙二朗だろう？」

「！」

視線だけ動かすと、飯島は『なんでも知ってるぞ』とばかりに意味深な視線を返してくる。思わせぶりな態度は、いつものことだ。

「なぁ、あいつが少年院にいたことは知ってるのか？」

「ンなこたぁ承知の上だ」

「じゃあ、実の母親を犯した挙げ句に刺してブチ込まれたってのもか？」

「……」

報告書をめくる手が、一瞬止まった。

実の母親を犯して、刺した——本当だとは思えないが、飯島はまったくのデタラメを言うような男ではない。

謙二朗が女嫌いであることと関係があるのか。

「昔のよしみで忠告してやる。あいつはやめとけ。火傷《やけど》するぞ」

「余計なお世話だ」

「もう惚《ほ》れたか？　ま、確かに男のくせに妙な色気があるけどな」

シン……、と静まり返った事務所で二人はじっと睨み合った。身動きすらほとんどせず、互いの心の内を探り合っている。

しばらくそうやっていたが、飯島は自分のネタが竜崎の関心を引いたのに満足したかのような顔をしてこう言った。

「いいか竜崎、もう一度言うぞ。あいつだけは絶対にやめとけ」


竜崎が昔の同僚と火花を散らしている頃、謙二朗は自宅アパートの駐車場にバイクを入れているところだった。前の仕事場が住み込みだったため最近ここに引っ越してきたのだが、駐車場が狭いのが唯一の不満だった。自分は六畳一間の安アパートでも十分だが、バイクを狭いところに置くと通りすがりにボディに傷をつけられたりすることもある。

盗難に遭わないよう自分の宝物に何重にも鍵《かぎ》をかけ、謙二朗は部屋へと向かった。そしてふと思い出したようにザマァミロ……、と心の中で毒づく。その脳裏にあるのは、あの憎たらしいオヤジの顔だ。

竜崎英彦。無精髭の探偵。兄の親友。元四課の刑事。

その男は、既に謙二朗の中で無視できない存在になっていた。だらしないふりを装っているが、竜崎が有能な探偵だということは確かなのだ。あんなオンボロ事務所だが訪れる客は多く、一つの仕事を片づけるのは恐ろしく早くて正確だ。

だからこそ、子供扱いされるのはまっぴらなのだ。親友の弟という位置に胡座《あぐら》をかいているなんて冗談じゃない。

そしてその時、ふと自分の躰から漂ってくる石鹸《せっけん》の香りに眉《まゆ》をひそめた。

（……っ）

まるで持病の発作が出たかのように、謙二朗は階段の途中で立ち止まってそのましゃがみ込んだ。込み上げてくるのは、精神的なものから来る吐き気――。

実を言うと、あのテの店に行くのは初めてだった。謙二朗を迎えた女の子は、決して悪い子ではなかった。始終笑顔で接してくれたし、しつこくホンバンを迫っても店の人間を呼ぶようなことはせずに、性欲を持て余して暴走しかけている青年を演じた謙二朗を言葉で優しく宥めた。

だが、あの行為を思い出しただけで鳥肌が立ってくる。それは潔癖性の人間が、肌がボロボロになっても自分の手を洗いたがるのに似ていた。言葉には形容し難い不快なものに襲われ、大声を上げたくなるのだ。

『謙二朗さん』

ずっと自分を苛《さいな》んでいる母親の声が聞こえてきて、自分の躰を抱き締めた。

（嫌だ……）

躰に震えが走り、呼吸が早くなる。

（やめろ……）

その声を頭から追いやるとなんとか立ち上がり、手すりに縋《すが》りつくようにしてアパートの階段をゆっくりと上っていった。鉄骨のそれがカンカンと音を立て、熱帯夜の空気が微かに揺れる。早く自分の部屋に戻って気持ちを落ち着けたい——切実にそう願いながら震える足を無理やり前に出す。

しかし、階段を上りきった先に待っていたのは安らぎではなかったのだ。

「よう。久し振りだな」

「！」

その姿を見た途端、謙二朗の目に鋭い光が走った。

男の身長は竜崎と同じくらいの高さだが、顎やウエストを覆う脂肪の量が違っていた。軽く癖の入った髪の毛は茶色に脱色されており、首にはゴールドのチェーンが光っている。

「八木沼《やぎぬま》……」

蛇のような目で自分を見る男を睨み返すと、八木沼と呼ばれた男はさも嬉《うれ》しそうな表情をしてみせた。

「やっと見つけたぜ」

ニヤリと笑った唇の間から前歯が一本欠けているのが見え、それがまた不気味である。

「俺から逃げられると思うなよ」

そう言うと、男は咥えていたタバコを足元に落とし、爪先《つまさき》でギュッと踏みつぶした。


八木沼純也《じゅんや》と知り合ったのは、謙二朗が収容された中等少年院の中だった。今から約四年前。その年は不景気にもかかわらずエアコンの売り上げはうなぎ登りというような数年ぶりの猛暑で、日本じゅうが暑さに悲鳴を上げていた。

そんな中、謙二朗の少年院生活は始まった。

少年独特の汗の匂い、埃《ほこり》っぽい空気。そしてギラついた若い欲望。あの閉鎖された世界の記憶は、そんなもので覆い尽くされている。罪を犯した少年たちを収容したその場所は、まさに狂った世界だった。

「ケツ出せよ」

それが、謙二朗が初めて聞いた八木沼の声だった。そこに入って数日経ったある日、さっそく八木沼の仲間に捕まり、両脇《りょうわき》から押さえられてその前へ連れていかれたのである。

「割り箸《ばし》をケツに突っ込めと言ってるんだ」

それは、自分の尻《しり》に突っ込んで糞《くそ》のついた箸で飯を喰わせるという、いわゆる一輪挿《ざ》しという儀式だった。新人が入ってきた時に上下関係をはっきりさせるため、こんなことをやらせるのだ。

素直に服従するか、躰を張って抵抗するか。そのどちらかでここでの生活が大きく左右される。もちろん、謙二朗は後者だった。

すぐに身をかわして自分を押さえつけていた二人をあっという間に伸《の》し、恒例の儀式は中止された。しかし、八木沼は謙二朗を諦めようとはせず、看守の目を盗んで再び仲間とともに謙二朗を襲ったのである。

さすがにその時は計画的な犯行だったため、謙二朗に逃げる隙《すき》はなかった。閉鎖的なあの世界では、男が男を犯すなんてごく当たり前の行為だった。看守の目が届かない場所で、謙二朗は八木沼を含めた五人の少年たちに輪姦《りんかん》されたのである。

だが、それで終わらないのが他の連中と謙二朗が違うところだった。

躰が回復した時、謙二朗は見せしめのために主犯だった八木沼だけを半殺しの目に遭わせたのである。独居房に入れられたが、なぜそんなことをしたのか最後まで口を割らなかった。

そして、黙秘が他の人間の恐怖を煽《あお》ったのである。

今度は自分がやられるのではないかという恐怖。八木沼の地位は落ち、謙二朗に手を出そうとする奴はいなくなった。

「何しにきた？」

謙二朗は、落ち着いた口調でまずそう言った。風が静かな夜は空気がじっとりと湿っていて、こうして立っているだけでも汗がこめかみを伝って落ちる。

「そんな怖い顔するなよ。俺たちの仲だろ」

妙にいやらしい、含んだ言い方だった。

だが、そんな挑発に乗るような謙二朗ではなかった。口許を微かに緩ませ、逆に相手の神経を逆撫でするかのようにニヤリと笑ってみせるのである。

「ふん。お前、まだ前歯ないのか？」

見てくれがいいだけに、こういう顔をすると謙二朗は妙な凄味《すごみ》があった。そして、色気も……。

それに目を奪われそうになるのを誤魔化《ごまか》すかのように、八木沼も凄んでみせる。

「あの時の借りはちゃんと返すぜ？」

「一人じゃあ何もできないくせにか？」

「できるさ」

「人の仕事先に中傷のビラまいたり事務所の窓ガラス割ったりするくらいだろ？」

睨み合う二人の間を、生暖かい風がゆるりと通り過ぎた。どこからともなく、ヒップホップらしい音楽が微かに聞こえてくる。

二人はしばらく無言で対峙していたが、八木沼はふと緊張の糸を緩め、思い出したようにこう切り出した。

「ところでお前、お袋は元気か？」

「！」

「あの噂、どこまで本当なんだよ？」

「……お前には……関係ない」

「お袋とヤるのってどういう気分なんだ？」

「……」

「なぁ、ヤッたんだろ？」

謙二朗が見せた微かな動揺に満足したのか、八木沼はそれ以上追及しようとはせず、ゆっくりと近づいてきた。

「前歯の借り、そのうち返してやるからな。覚えてろよ」

すれ違いざま肩に手を置き、耳元で当てつけるように囁《ささや》く。

「じゃ。また来るぜ、謙二朗」

嫌な笑みを残して去っていく八木沼を振り返ることもできず、謙二朗はただ黙ってその場に立ち尽くしていた。


「ねぇねぇ、竜ちゃん。事務所の入口のところに人相の悪い若い男がいたけど、あんなのがいたらお客さん来ないいんじゃない？」

謙二朗が来て一ヶ月。オリーヴは集金とは関係なく、ほぼ毎日事務所を訪れるようになっていた。もちろん、シャイなツバメちゃんと仲良くなるのが目的である。

「人相の悪い男?」

「ええ、嫌な目をした茶髪の男だったわよ」

その言葉に、謙二朗が微かに反応したのを竜崎は視界の隅に捕らえた。そのまま気づかないふりをしていると、様子がおかしいのが手に取るようにわかった。謙二朗の神経が急に張りつめたのである。

(知り合いか……?)

竜崎は机の上にあった大学ノートを取り、うちわの代わりにして扇《あお》ぎ始める。

「しかし暑ィな」

エアコンが壊れた事務所の暑さはそれはもう酷《ひど》いもので、入口のドアを開け放っていても風は通らず熱が籠《こ》もるばかりだ。太陽が昇ると、コンクリートの箱の中の温度はどんどん上昇する。

「竜崎さん。俺、見てくるよ」

「待て。俺が行ってくる」

机の上に放り出していた足を下ろし、面倒臭そうに立ち上がった。しかし、それは態度だけである。

「でも……」

「タバコも切れたんだよ。いいからお前はオリーヴと朝飯喰ってろ」

　そう言い残し、事務所を出る。

　ビルの階段を下りると、一番下の踊り場のところにタバコの吸い殻が五本ほど落ちているのを見つけた。その中の一本から微かに煙が上がっている。ほんの今さっきまでここでそれを吸っていた人間がいたという証拠だ。

　竜崎はその中から一本吸い殻を手に取り、銘柄を確認した。イヴ・サンローラン。

　いかにもだな……、とそれを指で弾《はじ》き飛ばし、ゆっくりと立ち上がる。外は目を細めるほどに眩しく、ギラギラと太陽が照りつけていた。

（どこにいる……？）

　回りに目をやるが、それらしき人影は見当たらなかった。いつもと変わらない風景。平和そのものである。

　しばらく外の様子を窺《うかが》っていたが、姿を現しそうな気配がないので通りを渡り、自販機でキャメルを二箱買って戻った。そして、階段をゆっくりと上りながら考える。

　前の仕事を辞めた理由は聞かなかったが、あの謙二朗がそう簡単に職を転々とするようには到底思えなかった。少年院時代の知り合いが更正しようとする奴の邪魔をしたりするのはそうめずらしくない。多分その類《たぐい》だろう。特に謙二朗のあの見てくれと性格なら、敵も多かったに違いない。

（厄介なことにならないといいがな……）

事務所に戻ると開け放ったドアからソファーに座る謙二朗とオリーヴの姿が見え、竜崎はすぐに戻らずに二人の様子をそっと窺っていた。図体のデカいオカマはちゃっかりと謙二朗の隣に陣取り、自分が作った弁当を広げている。

「ホラ、食べなさい。夏バテ防止にはまず朝ご飯を食べることなんだからね」

「……ありがとう」

「お茶もどうぞ。そんなに痩せっぽちで……竜ちゃんの下で働くんだから体力つけて」

まるで母親が子供に言うような台詞だった。謙二朗の方も最初はあんなに警戒していたのに、今では随分と心を開いている。

自分に向けられるあからさまな好意を恥ずかしそうに受けながら『オリーヴさん』なんて呼んでいるのだ。おずおずと様子を窺いながら彼なりに距離の取り方を測っているのが可愛くてたまらない。竜崎が何か言うとすぐに睨みつけてくるくせに、オリーヴの言うことはわりと素直に聞くのだ。

（くそ。可愛い面しやがって……）

面倒な奴を背負い込んだものだと思う反面、この複雑な事情を抱えている謙二朗にとことん関わりたいと思っている。今まで一人の人間に執着などしたことのなかった竜崎には、そんな自分が信じられない。

「あ、竜ちゃんお帰りなさい。どうだった？　まだいた？」

「ああ、確かに人相の悪い男だったが、道に迷ったらしい。この暑さに参ってちょっとビルの中で涼んでいたんだと。知ってる道だったから教えてやったよ」

「やだ、アタシ早とちりしちゃったのね。ごめんなさい。あ、竜ちゃんもどうぞ」

おにぎりを差し出され、竜崎はありがたく受け取り、二人の前に腰を下ろした。別の弁当箱には、タコさんウィンナーやうさぎの形をしたリンゴが入っている。しかもブロッコリーなどの野菜も豊富で栄養のバランスもいい。

豪勢な朝食を取りながら、竜崎はイヴ・サンローランのことはひとまず忘れ、仕事の話をすることにした。

「謙二朗。飯喰ったら出かけるぞ」

「……?」

「今日は大阪まで行くから、バイクは置いていけ。かなり歩くからしっかり喰っとけよ」

「わかった」

謙二朗の目が、少しだけ輝いた。最近少しずつ仕事を手伝わせるようになったのだが、何かやらせようとするとこういう目をする。

「あら、もうお手伝いしてるの？　それで謙ちゃんの働きぶりはどうなの？」

「バイクの腕はいいな。尾行する時に役に立つ。裏道にも詳しいし」

「んまぁ、すごいじゃない。そう言えば謙ちゃんのあの真っ赤なバイク、とても格好いいものね」

オリーヴは両肩を上げて『うふ』とやってみせた。そして、身を乗り出して謙二朗の顔を覗《のぞ》き込む。

「それに竜ちゃんが褒めるなんてすごいことなのよ。仕事に関しては厳しいんだから」

「ま。誰にだって一つくらい取り柄はあるってことだな。お前のバイクの腕は本物だ」

「……何おだててんだよ？」

「ばぁ〜か、お前なんぞおだてたって一銭の得にもなんねぇんだよ。自信持つべきところは持っていいって言ってんだ、俺は」

「ホラ、謙ちゃん。アナタ褒められてるのよ。竜ちゃんは口は悪いけど、人を見る目けあるんだからぁ」

その言葉に謙二朗はまた頬を少しだけ赤くした。竜崎は思わずその表情に目を奪われ、そしてそれに気づかれまいと敢えて無愛想な顔をして目を逸らす。

今のはキた。

バイクやそのテクを褒めると、素っ気ない態度を取るくせにどこか嬉しそうな顔をするのだ。そういう時の謙二朗は本当に可愛くて、思わずグラリと理性が揺らぐ。

親から愛情を受けずに育ってきた子供が、よくあんな顔をするのだ。褒められたり可愛がられたりすることに慣れてない。だから、どういう顔をしていいのか困ってしまう。そのくせ、嬉しい気持ちは隠しきれずにそれが表に出てしまうのだ。

（あ、くそ……）

謙二朗から滲み出る『嬉しいオーラ』にくらくらとなりながら、竜崎は特大の鮭《シャケ》おにぎりにがぶりとかぶりついた。もぐもぐと口を動かし茶をぐびびびーーーっ、と流し込んでまたがつがつと二つ目に手を出す。

最近、竜崎は自分がわからなくなってきている。百戦錬磨の節操なしがたった一人の、しかも一回りも年下のガキのちょっとした仕種《しぐさ》に翻弄《ほんろう》されているのだ。

もう今すぐにでも犯ってしまいたい。あのクソ生意気な台詞を吐く唇に自分のを重ね、思いきり舌を吸いたい。躰じゅうを舐め回して小振りの尻を鷲摑《わしづか》みにし、その奥にある蕾《つぼみ》に己を突き立ててあの細い躰を揺さぶりたい。そして、自分なしではいられないくらいべたべたに甘やかして骨抜きにさせるのだ。

懐かない獣ほど、一度信頼を得ると一途《いちず》に慕ってくる。謙二朗はまさに、そういうタイプだった。

「あら、どうしたの？　竜ちゃん」

「……別に」

謙二朗を組み敷く場面を想像してしまい、竜崎は己の鬼畜加減に呆れた。

「こうクソ暑くちゃ敵わねーな」

自分の下で啼《な》くその姿を頭から追いやり、どさっとソファーの背もたれに躰を預ける。みんなでおにぎりを頬張っているこの状況下で、そういうことを考えられる自分が信じられない。しかも謙二朗にいたっては、箸の先からつるりと滑って逃げるタコさんウィンナーを捕獲できずに悪戦苦闘しているのだ。

その色気のない姿からどうしてベッドでの姿を想像できるのか。

暑いと人間はおかしくなる。きっとそれが原因だと、深く考えるのをやめた。そして、そんな竜崎の気持ちなんか露知らず、二人は目の前で微笑ましいやり取りを始めるのだ。

「あら、謙ちゃん。お箸で食べ物を突き刺しちゃあダメよ。ちゃんと挟んで摑まなきゃ」

「……え？」

「ホラ、こうよ。中指はここ、人差し指はこっちに添えるの」

「……こう？」

「そうそう。上手よ。それでやってみて」

おぼつかないながらもなんとかそれを摑むと、オリーヴはにっこりと笑った。

「謙ちゃんは素直でイイ子ね」

二十二にもなって正しい箸の持ち方も知らない謙二朗。そして母親のようなオカマ、オリーヴ。

そんな二人を見ながら、こののどかな時間がいつまで続いてくれるのだろうかと竜崎はふと思った。そしてこれまでの経験から、この平和な時間がそう長くは続かないことも、心のどこかで感じ取っていた。

それから五日。謙二朗の箸使いは、タコさんウィンナーをやすやすと摑めるようにまでなっていた。それが嬉しいらしく『竜崎さんも喰えよ』なんて言いながら取り皿におかずを次々と放り込むのだ。もうわかったから……、と言いたくなる反面、そんなに嬉しいならやらせとけと黙って受け取った。

てんで子供だ。二十二歳とは思えない。

だが、いざ仕事となると謙二朗は驚くほどの才能を発揮した。簡単な尾行なら、もう一人でやらせてもいいくらいだ。これから難易度の高い仕事を少しずつ覚えさせれば、引き受けられる仕事の幅も広がってくるし竜崎の負担も減る。

雇ってくれと頼んできたのは深見だったが、逆に紹介してくれた礼を言わなければいけないのではと思うほどだった。

「おい、謙二朗」

「なんだよ？」

「お前、今日も俺と行動しろ。大阪行くぞ」

そう言うと、謙二朗は黙って竜崎のところへやってきて書きかけの中間報告書を覗き込んだ。鼻を掠める微かなシャンプーの匂いに、竜崎は年甲斐《としがい》もなく心拍数を上げる。

こんな初心《うぶ》な男ではなかったはずだが。

「……ああ、この前の件？」

「しかしお前はほんっと、いつまで経っても言葉遣い一つ覚えられないいな」

「客がいるところじゃあちゃんと敬語使ってやってんだろ。――痛っ！」

ポクッと頭をグーで殴り、文句を言われる前にと竜崎は仕事の話を続ける。

今手がけているのは失踪《しっそう》人の捜索だった。

依頼人は失踪人の二つ年下の妻、四十九歳。この年代のサラリーマンというのは自殺や失踪が比較的多く、似たような依頼はこれまでに何度も受けたことがある。手慣れたものだ。

この仕事が来た時、竜崎はまず失踪した旦那《だんな》が持っていったというキャッシュカードの口座の残高を二万を切るまでそのままにし、あとはそのつど一万ずつ送金するよう依頼人に指示した。竜崎の狙《ねら》い通り、失踪人は場所を転々と変えながらも口座の残高を少しずつ喰いつぶしていった。そしてＡＴＭの使用状況からの絞り込みをもとに聞き込みを続け、おおよその足取りが摑めたところで、わざと口座への入金をストップさせたのである。手持ちの金もそろそろ底を尽きる頃、簡易宿泊所やサウナなど安く寝泊まりできる場所に的を絞ったらヒットした。

あとは、本人が現れるのを待つだけである。

「大阪《あっち》に着いたらまた説明するが、これが建物の見取り図と周辺地図だ。出入り口は二ヵ所。俺は路地の方、お前は通りに面した方を張ることになる」

「わかった」

またジロリと睨むと、今度は面倒臭そうにしながらも自分から訂正する。

「わーかりました！」

「脱衣所で衣服を脱いだところで俺が確保する。まさか素っ裸のまま逃げないだろうが、もし俺がドジ踏んで逃がしたらお前がフォローに入れ。頼りにしてるぞ」

そう言うと、視線でイエスと返事をする。

謙二朗はいい目をしていた。

気負いすぎることもなく、かと言って必要以上に萎縮《いしゅく》することもない。覚えが早いというだけではこの仕事はやっていけないのだ。肝が据わった奴というのは、それだけで重宝する。そういう意味では、謙二朗はこの仕事には打ってつけだった。

だが、世の中そんなに甘くない。この後、竜崎すら予想できなかった思わぬアクシデントが、謙二朗を待ち受けていたのである。

それは張り込みを開始してから、二時間あまりが経ってからだった——。

日雇い労働者の多い街は夜になると急に静かになる。酒や博打《ばくち》に興じる男たちが多いイメージがあるが、実際は翌日の仕事に備えて躰を休める人間がほとんどだ。そんな静かな空気を切り裂くように、男の声が聞こえてきたのだ。謙二朗が待機している方からだ。

時々、繁華街などで尾行している最中に酔っぱらいに絡まれたり客引きに摑まったりすることはあるが、今回は状況が違う。

（ったく、こんな時に……）

騒ぎのもとが謙二朗ではないことを祈りながら様子を見に行くと、驚いたことに謙二朗が一人の若い男に絡まれていた。そう簡単にヘマをするような奴だとは思っていなかっただけに『いったい何をやってるんだ』と竜崎は思わず奥歯を噛んだ。

だが、次の瞬間――。

「！」

男がポケットから出したタバコを見て、竜崎はようやく事情が呑み込めた。

イヴ・サンローラン。

数日前、踊り場に捨ててあった吸い殻と同じ銘柄だった。オリーヴが見たという『人相の悪い茶髪』とも外見は一致する。

（なるほどな）

チッ、と舌打ちし、そのまま息をひそめて様子を窺う。最初から仕事の邪魔をするタイミングを窺っていたのだろう。男は必要以上に大きな声を上げて自分たちの存在をアピールする。

（上手くやれ、謙二朗）

出ていきたいのは山々だったが、ここで竜崎まで出ていってしまえば収拾がつかなくなる。

助けたいのをぐっと堪《こら》え、なんとかその場を切り抜けてはくれないかと物陰から様子を窺っていた。だが、仕事を邪魔する目的で絡んでいる奴が、そう簡単に謙二朗を放すはずがない。

なんとかこの場から移動しようとする謙二朗に、男はしつこく絡んでいる。

「お前、探偵社に就職したんだってなぁ。もしかしたら仕事中かぁ？　なんなら俺も手伝ってやるよ」

大声でそう言う男を、竜崎は物陰からじっと睨み続けた。

（あンの、クソガキが……）

汚いやり方だ。

さすがにああいう手段に出られては、動かないわけにはいかない。こうなったらあの男を殴り倒してでもどこかへ引きずり込んで、竜崎を敵に回さない方がいいと躰に叩き込んでやるしかない。張り込みは明日からでもやり直しはきく。

だが、その時だった。

「！」

竜崎は、五十メートルほど先にいる一人の中年男性に目をとめた。それに気がついたのは、その男の動きに警戒の色が見えたからだ。

単に道端で揉めている若者に目をとめた通りすがりではない。人相はわからないが、あれが今夜確保しようとしていた調査対象者《マルタイ》に間違いない。なんてタイミングだ。

そう思った瞬間、男は踵《きびす》を返して走り出したのである。

（くそ！）

ザ……ッ、と地面を蹴ると、竜崎はすぐに後を追った。頭の中に叩き込んでおいた地図と男が向かっている方向を照らし合わせ、先回りできる道を弾き出す。公園を斜めに横切って距離を半分に詰め、簡易宿泊所の敷地を突っ切ってさらに五メートル稼いだ。ここまでくればあとは脚力でなんとかなる。

だが、思わぬ事態が竜崎を襲った。

コーナーを曲がったところで、自転車に空き缶を山ほど積んだ老人がよろよろと出てきたのである。

「――うわ！」

ガラガラガラン……ッ、と空き缶がアスファルトの上を転がる音が派手に響き、老人は自転車とともに倒れ込んだ。自分の下敷きになりそうになったところを右足を大きく前に出して避け、再び体勢を整える。

「すまん、じーさん。すぐ戻る！」

竜崎はそう叫びながらまた前を向いたが、目を離した一瞬の隙に男の姿は視界から完全に消え失せていた。

「ちくしょう、どこ行きやがった！」

しばらく辺りを捜すが、もう手遅れだった。

人気《ひとけ》はないが、身を隠す場所はいくらでもあるのだ。朝が来れば日雇い労働者でこの辺りは人で溢《あふ》れる。持久戦で張り込みをしても無駄だろう……。

「くそ！」

竜崎は地面にそう吐き捨てると、今来た道をまた戻っていった。先ほどぶつかった老人のところまで来ると自転車を起こし、道端に転がり落ちた空き缶を拾い集めてきちんと積み直してやる。

「悪かったな、じーさん。自転車は壊れてないか？　これで酒でも呑んでくれ」

万札を一枚渡すと、老人は日焼けした顔に満面の笑みを見せてからそれをポケットにしまった。そして、またよろよろと自転車を漕《こ》ぎ始める。謙二朗がようやく駆けつけた時には、辺りは何事もなかったかのようにもとの静けさを取り戻していた。

「竜崎さん」

「ああ、謙二朗か。しくじったな。まぁ、たまにはこういうこともある」

そうは言ったものの、楽観できる状況ではなかった。一度こうなると、しばらく時間を置かなければその足取りを掴むのは難しい。しかも男は持っているキャッシュカードを二度と使いはしないだろう。これで足取りがぷっつりと切れてしまうかもしれない。

路上生活者にでもなられたらおしまいだ。夏場は凍死する心配がないだけに、その可能性も十分考えられた。

「ところでさっきの奴、お前の知り合いか？」

「……」

「そうなんだろう？」

謙二朗はすぐに返事をしなかった。

「いいか。お前はうちで働いてるんだぞ。関係ないじゃあ済まされないぞ」

「……、……八木沼純也」

「少年院にいた頃の知り合いか?」

そう言うと、謙二朗は黙って頷《うなず》いた。自分のせいで調査対象者《マルタイ》を取り逃がしたことに責任を感じ、唇を強く嚙んでいる。それが見ていて辛《つら》く、思わず頭をくしゃりとやった。

「気にするなって」

普段なら『子供扱いするな』とその手をはねのけるくらいのことはするのだが、今日ばかりはおとなしくされるがままになっていた。

それがまた痛々しく、竜崎は抱き締めてやりたい衝動を抑えるのに苦労した。


謙二朗の落ち込みようは、それは酷いものだった。ようやく本格的に仕事を手伝い始めたというのに、役に立つどころかその邪魔をするような結果となったのだ。しばらく謙二朗にやらせる仕事は選ばなくてはならない。本人もそれをわかっているらしく、おとなしく雑用をこなしていた。事務所はもちろんのこと、トイレやシャワールーム、台所の掃除。

見ている方が辛くなるほど真面目に仕事をしている。あの生意気な男が口答え一つしないのが、すべてを物語っているようだった。

「ねぇ、竜ちゃん。謙ちゃん最近すごく元気ないけど、大丈夫なの?」

謙二朗が帰った後の事務所で、オリーヴは出されたコーヒーを飲んでいた。もうとっくに店を開ける時間だが、謙二朗が絡むといつも仕事は二の次である。

竜崎の方はというと、机の上で両足を組んだいつものスタイルでキャメルを咥えている。

「あいつは強いからな、今のところは大丈夫だ。だけどため込む奴ってのは壊れる時は案外脆《もろ》いからな、それが心配だ」

「なぁ～んて言っておきながら、半分は愉《たの》しんでたりして。謙ちゃんが意気消沈してる姿ってちょっとそそるものね」

「馬鹿言え。ンなわけあるか」

「嘘《うそ》おっしゃい。本当はつけ込んじゃいたいって思ってるくせに。アタシを普通のオカマと一緒にしないでよね」

チラリと視線を上げてオリーヴを見ると、自信ありげにこちらを見ている。確かに、当たらずとも遠からずといったところだ。

心配で目が離せないのは確かだが、自分の視線に邪なものがまったくないとは言えない。

「ったく、何を根拠に……」

「だって竜ちゃん、ちょっとサドの気があるんだモノ～」

嬉しそうに言うオリーヴに、思わず溜め息が出る。人が真剣に悩んでいる時に気楽なモンだ。だが、その明るさに救われているのも事実だった。

「アタシ知ってるのよ。『ロビン』の裕樹《ひろき》も『blue berry』の翔《しょう》ちゃんも『アダム&アダム』の弘《ひろし》君も、みぃ～んな竜ちゃんに優しく苛められるのが大好きなんだって」

「お前、なんでそれを……」

「アタシも翔ちゃんみたく、手錠かけられてバイブでアヌスを攻められたいわ～ん」

「……、――……」

「裕樹君みたく公園のトイレで後ろから犯されるのもいいわね。しかも竜ちゃん、タバコ吸いながらファスナーだけ下ろして……それって酷い男っぽくて素敵っ。弘君みたいに言葉で攻められるのもいいわぁ」

かなり正確な情報に、竜崎は言い訳の一つもできなかった。確かに、今名前が挙がった男たちとそんなプレイをしたのは事実だ。

こういう仕事をしていると、時折現実に嫌気が差して過激なセックスに走ってしまいたくなることがあるのだ。そんな時はそのテの店に行き、適当な相手を探す。

我ながら節操のない男だよなと思いながら、勝ち誇ったように笑うオリーヴを見た。

「……謙二朗には言うなよ」

あの純情な男が聞いたら、きっと罵倒《ばとう》するだろう。男同士の割り切った関係を理解できるとは思えない。

「ふふ～ん、どうしようかしら」

「頼むぜ、オリーヴ。俺を苛めるなよ」

「うふふふ……」

オリーヴは困ったような顔をする竜崎を見て、楽しそうに笑っている。百戦錬磨の男が、たった一人の青年に振り回されているのが楽しくて仕方ないらしい。

「ったく、お前には参るよ」

言いながら竜崎は椅子《いす》に座ったまま、机を軽く蹴るようにして窓際に移動した。腕を組み、タバコを唇に挟んだまま天井に煙を吐く。そして何気なく、人差し指でブラインドをさげて隙間から外を見た時だった――。

「！」

向かいのビルに不審な人影を発見した。その動きは、明らかに通りすがりの人間のものではない。遠目で人相はわからないが、背格好だけでそれが誰であるのかすぐにわかった。

八木沼純也。

竜崎は椅子から立ち上がると、灰皿にタバコを押しつける。

「どうしたの？」

「オリーヴ、ここで待ってろ。窓の外見るんじゃないぞ」

そう言い残し、竜崎は裏口から外に出た。ビルを回り込むようにして八木沼のところまで行き、足音を忍ばせて近づいていく。

気配を消した竜崎に気づく人間なんて、そういない。

「お前、八木沼だな？」

「！」

すぐ後ろから声をかけると、その背中が大きく跳ねた。振り返った八木沼は、まるで死神にでも肩を叩かれたような顔をしている。

　こんなに近づかれるまでその存在に気づかなかったことなど、今までになかったのだろう……。だが、すぐに気を取り直し、大袈裟《おおげさ》に威嚇してみせるのだ。

「気配殺すの上手いなぁ、アンタ」

「お前が鈍感なんだよ」

「俺の名前を知ってるってことは、あいつからいろいろ聞いてるってことだよな？」

　嫌な笑い方だった。こうやって前の会社の人間にも、あることないこと吹き込んだに違いない。本当に、汚い野郎だ。

「アンタのとこオカマがよく出入りしてるよな。そういう連中が集まる場所ってこと？」

「何が言いたい？」

「なぁ、おっさん。もう試した？」

「何をだ？」

「しらばっくれんなよ。アイツ、イイ声で啼くだろ？　少年院《なか》では俺も随分と世話になったモンだぜ？」

「はっ、どうだかな」

「本当だって。尻で俺のチンポ咥えてよがるんだ。そりゃあ可愛がってやったモンさ。後ろから突っ込んでやるとよく啼くぜ？」

　愉しそうに語る八木沼を、竜崎は冷ややかな目で見ていた。ガキの挑発に乗せられるほど馬鹿ではない。確かに、あの閉鎖された壁の中では人数を揃えさえすれば、一人の少年を押さえつけることなんて簡単だ。そうやって私刑《リンチ》やレイプが日常茶飯事となっているのが、現実なのである。

だが、謙二朗の性格を考えるとせいぜい二〜三度が限度だろう。あの男が、そうそう人の言いなりになるはずがない。

「やけに執着してるが、おおかたあいつの反撃に遭って恨みでも抱いてんだろ？　だからしつこくつきまとう。違うか？」

竜崎は八木沼の反応を見ながら、じっくりと探りを入れていく。

「フラれた腹いせってのもある」

そう言った途端、その表情が変わった。

ビンゴ。

これほどの執着は、やはりそこから来ていたのだ。さすがに大阪まで追いかけてきて仕事の邪魔をするだけはある。そして――。

「！」

一瞬の隙をつき、竜崎は八木沼の懐に飛び込み、背負い投げをお見舞いした。ドスン、と質量のある音とともにくぐもった声が漏れる。

「……くっ、……かは……っ！」

コンクリートの上に投げられては、たまったものではない。だが、竜崎はさらに床に倒れた八木沼の鳩尾《みぞおち》に靴の爪先を叩き込み、そして頭を足で踏みつけたのだ。鼻血で顔が赤く染まるが、お構いなしである。

「ぐは……っ、……ぅ……っ」

「おい小僧。俺をナメんなよ。お前、この前はよくも仕事の邪魔をしてくれたなぁ。おかげで信用はガタ落ちだぜ」

その姿は、謙二朗さえ知らない竜崎の一面だった。相手によってはいくらでも残酷になれる。いや、なるべきなのだ。それが、竜崎が刑事時代に学んだことの一つだった。

自分の手を汚すことを恐れていては、何かを守ることなどできない。謙二朗のためなら、竜崎はいくらでも悪人になる気でいた。

「あいつに用があるなら俺を通せよ、このドチンピラ」

ぐぃ、と体重を乗せ、踵《かかと》を頬に喰い込ませる。苦痛に歪む顔を上から見下ろし、さらにねじるようにして踏みつけた。

「お前のことは調べさせてもらったぞ。若い連中とつるんでいろいろ悪さしてるようだなぁ」

「ぁ……ぐ」

「いい加減落ち着いたらどうなんだ？　お前ももう二十二だろ？」

「あ……がっ、や、……やめ……」

「お前、保護観察中はおとなしくしていたから俺のことはあまり知らないだろうが、うちには手を出さない方がいいぞ。誰かに元四課の竜崎っていう探偵のことを聞いてみろ」

「おま……元、……デカか……っ」

「二年前まではな。H署の竜崎って言やぁすぐわかる」

そう聞いた八木沼の表情が、にわかに凍りついた。どうやらまったく知らないわけではないらしい……。

「謙二朗には手を出すな」

「ぐ……っ、……っ、うっく」

「坊や。お返事は？」

「……っ、わ……かり、ました……っ」

先ほどの威勢はどこへやら。八木沼はゼェゼェと激しく息をしながら横たわっている。しばらくその様子を眺めてやってから、竜崎はようやく頬の上から靴の踵を離してやった。だが、自由になっても八木沼は服従を誓うかのように立ち上がろうとはしない。

竜崎は最後にもう一発鳩尾にくれてやると、地べたに這《は》いつくばっている男に背中を向け、事務所へと戻っていった。

「いったぁ〜い。痛いから離してってば！」

女の声が響いたかと思うと、竜崎は二十五～六歳の女性を連れて事務所に入ってきた。二の腕をしっかりと摑んではいるが、その他の部分にはまったく触れていない。

あれからさらに二週間――。

相変わらず仕事に追われる毎日で、今日もひと仕事片づけてきたところだった。ギリギリまで短くしたスカートに派手なミュールを履いた女性は小さな運送会社を営む社長の愛人で、男が奥さんに隠していた貯金三百万を持ち逃げしてホストクラブで豪遊していた。

依頼人は奥さんに自分のへそくりと浮気がバレるのを恐れ、竜崎を頼ってきたのである。

「やぁ～だぁ～。も～。痛いよ～」

彼女はノースリーブの前のボタンが弾け飛ばんばかりの豊満なボディを揺らし、甘えたような声で竜崎を懐柔しようとしていた。だが、そんなものに惑わされる竜崎ではなく、彼女を奥の部屋に押し込むなり鍵をかけた。

こういう時のためにこの部屋は外から鍵がかけられるようにしてあるのだ。ドアの向こうから聞こえてくる罵声を聞きながら依頼人に連絡を取ると、すぐに事務所に来ると言う。

竜崎は電話を置き、タバコに火をつけてから椅子にふんぞり返るように座った。

「謙二朗。そっちの仕事はどうだった？」

「ああ、上手くいったよ」

差し出された紙は、メールをプリントアウトしたものだった。ざっと目を通し、すぐにそれを戻す。

「やっぱり援交やってそうだな。ったく、最近の女子高生は貞操観念てモンがないのか」

「これ、俺一人で続けていいんだよな？」

「もちろんだ」

最近は親が子供の素行調査を依頼してくるケースも多く、この依頼も母親からのものだった。携帯を持たせたはいいが、最近金回りがよくなっている気がすると事務所にやってきたのだ。

「必要なら、依頼人の家に行って娘の部屋を調べさせてもらえ」

「え？　俺が行ってもいいの？」

「ああ、この依頼はお前に任せるって言ったろ。できるところまで一人でやれ」

竜崎はそう言うと、膝の上にノートパソコンを置いて報告書を作り始めた。謙二朗がじっと見ているのがわかるが、敢えて気づかないフリをする。

「なぁ、竜崎さん」

「んー？」

「……なんかしたろ？」

「？」

顔を上げると、謙二朗はいつになく真面目な顔をしていた。多分、八木沼のことを言っているのだろう。勘のいい男だ。

あれ以来、八木沼は事務所の近くには姿を現していない。多分、アパートの方にも……。

「なんのことだ？」

「だって、外の仕事はしばらくさせないつもりだったんだろ？」

「人手不足なのにいつまでもお前を遊ばせておくわけにいくか。しかし、うるさくて敵わねェな」

竜崎は適当に誤魔化すと、奥の部屋のドアを振り返った。何をやっているのか、物を投げるような音がしきりに聞こえてくる。

「タバコって言ってるみたいだけど？」

「ったく、仕方ねーな。一本吸わせてやってきてくれ。何するかわかんねェからライターは渡すなよ。お前が火をつけてやるんだ」

「わかった」

謙二朗がドアの向こうに消えたのを確認してから、竜崎は再び報告書の作成に入った。

この仕事が片づけば、調査料の残金と成功報酬が同時に手に入る。あの調子だと、謙二朗の方も早々に片がつくだろう。そうすれば今月中にエアコンが新調できるのだ。

そんな所帯じみたことを考えながら、キーボードをカタカタと叩く。

そして、次の瞬間──。

「！」

謙二朗の声が聞こえたかと思うと続けて女の悲鳴がし、竜崎は急いで奥の部屋に向かった。

ドアを開けると、女が床に尻餅《しりもち》をついたままふてくされたような顔でこちらを見ているのだ。

「……どうしたんだ？」

そう聞くが二人とも黙ったままだった。謙二朗の肩に手を置くと、ようやく竜崎の存在に気づいたとでもいうようにハッと我に返る。

「どうしたんだと聞いてるんだ」

「……、……別に」

「――おい、待て！」

踵を返す謙二朗に手を伸ばしたが、捕まえることはできなかった。追いかけたかったが、女をこのままにするわけにもいかないとドアを閉める。

「何があったんだ？」

「ふん！」

彼女はゆっくりと立ち上がってソファーに座り、見せつけるように足を組んだ。そして爪先にミュールを引っかけ、ぶらぶらとやり始める。

「それよりタバコちょ〜だ〜い」

「何があったと聞いてるんだよ」

「も〜、そんなに怖い顔しないでよ。逃がしてもらおうと思っておっぱい見せて押し倒そうとしただけよ。でも突き飛ばすことないじゃない？　あたしカラダには自信あるのに」

その言葉に、竜崎は溜め息を漏らさずにはいられなかった。

「おま……押し倒したのか？」

「悪い？　ねぇ〜、探偵さん。逃がしてくれんならヤらせてあげたっていいのよ？」

ふふん、と誘うように笑う彼女に思わず頭を抱え、己の迂闊《うかつ》さに舌打ちしたくなった。

謙二朗は、自分に向けられる性的興味に対して強い警戒心を抱くのだ。男からのものに対しては強く反発するだけだが、相手が女性の場合、なぜかそれは怯えに繋がるのである。

それをすっかり忘れていた。

「いいか、お前ここでおとなしくしてろよ」

竜崎は彼女にそう言うと、もう一度ドアに鍵をかけてから事務所を出た。夕方に降った雨のせいか外は涼しく、微かに吹く風はほんのりと水を吸った土の匂いがする。

その匂いに誘われるように近くにある猫の額ほどの広さの公園に向かうと、ベンチに座っている謙二朗を見つける。

「おい、謙二朗！」

顔を見られたくないのだろう。声をかけても、顔を上げようとはしなかった。土の地面をただじっと見つめている。

「おい、何やってんだ？　戻るぞ」

「……」

「事務所開けっぱなしにしてんだ。ホラ」

「……、……触るな……っ」

謙二朗の声は、少し震えていた。

なぜ、ここまで動揺しているのか……?

初めて聞く頼りないそれにいたたまれなくなり、これまで以上にこの不安定な男に対する自分の気持ちが手に負えないものに変貌していくのを感じた。こんな姿を見せられ、誰が放っておけるというのだろう。

「悪かったな、俺が迂闊だったよ」

「なんで……竜崎さんが謝るんだよ」

「隠すな。女がダメなことくらい知ってる」

「馬鹿にするな……っ」

「馬鹿になんかしてない」

立ち上がって駆け出そうとしたが、今度は逃すことなくしっかりと腕を摑んだ。暴れる謙二朗の動きを右腕一本で軽々と押さえる。

「誰だって苦手なものはある。お前はそれがちょっと人と違うだけだろ?」

「わかったようなこと言うなよ!」

「いいからこっちに来い」

「ほっといてくれ……っ!」

「ほっとけないさ」

「離せよ!」

シュ……ッ、と空気を切るように、謙二朗の拳《こぶし》が飛んできた。だが竜崎はそれを手のひらで受け止め、そのまま自分の方へと引き寄せた。そしてバランスを崩した謙二朗を、しっかりと抱き込んでやる。

「ほっとけないから構ってんだろうが！」

「……っ！」

「！」

謙二朗の躰は細かった。

こんな細腕で自分を守ってきたのかと思うと、胸が痛くなる。回りが敵だらけの少年院でも、そこから出てきた後も、謙二朗は誰にも頼ることなく一人で生きてきたのだ。

「お前、何をそんなに苦しんでるんだ？」

「……っ、離せよ……っ」

「何があったんだ？」

ぐっと腕に力を入れると、微かにくぐもった声が漏れる。それがまた愛《いと》しくて、頭に手をやるとさらに強く抱き締めた。

「一人で抱え込むな」

「は、離せ……っ」

「何か辛いことがあったんだろう？」

抱擁というものが、すべてセックスに繋がるものではないのだと教えてやりたかった。この若い男の信頼を得たいと、願わずにはいられない。

「泣きたい時は素直に泣きゃあいいんだよ」

「……っ」

「たまにはカワイイ面《ツラ》見せろ」

少しふざけた口調で言うと、ひっく、と嗚咽《おえつ》が漏れ、微かに肩が上下に動き始める。その躰から徐々に力が抜けていき、竜崎を受け入れるかのように躰を預けてきた。

二人はしばらくの間、互いの体温を確かめ合うかのように抱き合っていた。

この生意気な男が、愛しくてならない。

だが、次の瞬間。

「……離、せ……っ！」

腕の中で声がしたかと思うと、謙二朗は弾けるように竜崎の腕をはねのけ、そして再び切りつけるような視線で睨みつけてきたのだ。あからさまな拒絶。そして――

「アンタには関係ない！」

竜崎もが自分の敵であるかのような目をすると、踵を返して走り出したのである。

「――謙二朗っ！」

竜崎の声が闇《やみ》に吸い込まれる。そして、謙二朗の姿もその中に溶け込んでしまった。

爆弾を抱えた気分だった。

あんなに厄介な男は初めてだった。自分が崩れかけているというのに、人を頼ろうとはせずギリギリのところで生きているのだ。

危なっかしくて見ていられない。

竜崎はあの後すぐに事務所に戻り、依頼人に女を引き渡してから深見に電話を入れた。話があるから早めに店を閉めて待つよう命令すると、有無を言わさない竜崎の口調に十年来の友人は何かを感じ取ったらしく『わかった』と即答した。店に行くと既に表の明かりは消してあり、橘の姿もなかった。

「どうした？　いきなり」

「謙二朗のことだよ。どうして女がダメなのか教えろ」

「本当にいきなりだな、お前は」

そう言いながらも、深見は何を言われるか予想していたようだった。

二人はカウンターに肩を並べ、居酒屋でするように手酌でバーボンを注いだ。

橘が見れば、優しく苦笑するだろう……。

「焦《じ》らすなよ、深見。責任を持って預かるつもりだから聞いてんだよ」

「いいのか、本当に」

「俺を見くびるな」

きっぱりとした口調で言うと深見は観念したような顔をし、言葉を選びながら少しずつその真相を明らかにしていった。

すべての話を聞き終えるまで、バーボンをストレートで三杯。タバコを半箱。

一言で言うなら、濃い話だった。

さすがの竜崎もすぐに言葉が出ず、キャメルを咥えてカチ、とジッポを鳴らした。もうすでに旨いと感じる本数を超えているが、火をつけずにはいられない。

「お袋が謙二朗に性的虐待を与えていたのは、多分小学生の頃からだ。やけに謙二朗をべたべたと可愛がるなとは思ってたんだ。はじめは躰に触る程度だったんだろうが、エスカレートしていったんだろうな」

じっと前を睨むようにしながら、竜崎は深見の言葉を繰り返した。

性的虐待。

なんて嫌な響きだろう……。

「俺はどこかで気づいてたんだよ。でも、女癖の悪い親父《おやじ》も、年じゅう欲求不満で俺の学校の担任にまで色目を使う母親もうんざりでな、とにかく家を出ることしか頭になかった。謙二朗は俺のぶんも背負い込んだんだ」

「じゃあ、お袋さんを刺したってのは？」

「ああ、それは事実だ。殺しはしなかったがな。あいつにとっては正当防衛だったんだ。母親とのセックスを続けるのに耐えきれなくなった。だけどあいつは、そのことを言わなかった。母親に犯され続けてきたなんて、言えなかったんだろうよ」

「……そうか」

竜崎はそれだけ言うと、スツールから立ち上がった。山のような吸い殻の中に、火をつけたばかりのキャメルをねじ込む。

「竜崎、悪かったな。お前に押しつけて」

「押しつけられたなんて思っちゃいない」

振り返りざまそう言うと、深見は自分が犯した罪を懺悔《ざんげ》するかのように、肘《ひじ》をついたまま両手を組んで深く項垂《うなだ》れていた。そして、絞り出すようにこう呟く。

「小学生の頃はさ、あいつはバイクレーサーになるって言ってたんだ。マンガに影響されてな、そのマンガを全巻集めて大事にしてたんだ。素直で可愛い弟だった」

「今でも素直な奴だよ、謙二朗は」

「ああ、そうだな。謙二朗を……頼む」

「わかってる」

それだけ言い残すと、竜崎は友人の店を後にした。

『J&B』を出たその足で、竜崎は謙二朗のアパートへ向かった。だが、部屋に明かりはついておらず、大事にしているCBR900RR《ファイヤーブレード》が駐車場で眠っているだけだ。三十分ほど待ったが、一向に帰ってくる様子はない。

(何かあったのか……?)

あの謙二朗が、バイクを置いて出かけているというのが引っかかった。コンビニに買い物に出たのなら、もう帰ってきてもいい頃だ。遅くなる原因は他にも考えられるが、悪い予感というのは、当たる。

さらに十分ほど待ち、妙な不安に駆られた竜崎はひとまず事務所へ戻ってみた。そして、オリーヴの店へ電話を入れようとしたところで、自分に注がれている視線に気がつく。

「——誰だ!」

入口の方を振り返ると、キュ、とスニーカーが床を擦る音がして人影が現れる。それはゆっくりと事務所に入ってきて、蛍光灯の光の下に姿を現した。

「よう。何をそんなに慌ててる?」

「……なんだ、お前か」

入ってきたのは、元同僚の飯島だった。何もこんな時に来ることはないだろうと、うんざりと溜め息をつく。

「帰れ。お前の相手してる暇はねーんだよ」

「そんなに邪険にするなよ」

人が焦っている時に、飯島は悠々とタバコを吹かしていた。まったく嫌味な男だ。何か言葉を発すれば延々と居座られそうで、竜崎は押し黙っていた。だが——。

「深見謙二朗の居場所が知りたいんだろ？」

「……っ！」

「俺は知ってるぞ」

「お前、何を知ってるんだ！」

竜崎は飯島の胸倉を摑むと、いきなり壁に押しつけた。

「怖い顔をするなよ。偶然見たんだ」

「偶然？」

「ああ。この店に行ってみろ。今は使われてないが、若い連中のたまり場になっている」

差し出された紙には『ルナティック』という店の名前と簡単な地図が書かれてあった。

にわかに信じ難かったが、なんの手がかりもない今、この情報に頼る他ない。

「だから深見謙二朗はやめとけっつったんだよ。厄介ごと背負い込むだけだって」

「余計なお世話だ」

「早く行った方がいいぞ。あいつら相当調子に乗ってたからな、何するかわからん」

「あいつらって、複数か？」

「ああ、五～六人いたな」

それを聞き、即座に踵を返す。

「竜崎、これで借りは返したからな」

「！」

呼び止められ、ゆっくりと振り返った。

「……なんのことだ？」

「お前、俺の弾避《たまよ》けになっただろうが」

「弾避け？」

「忘れたとは言わせないぞ」

じっと見据えられ、竜崎は記憶を掘り起こしてみた。貸しを作った覚えはなかったが、一つだけ思い当たることがある。

自分の躰にある、三つの銃創。

竜崎がまだ刑事だった頃、暴力団の幹部が対立する別の組のヒットマンに狙われた事件があった。未遂に終わったが、その後、拳銃《けんじゅう》を発砲した犯人から自首したいと警察に電話が入り、喫茶店で待ち合わせをした。そこで持っていた拳銃を押収し、銃刀法違反の容疑で現行犯逮捕しようとしたのだが、報復に出た暴力団組員に店に銃弾を撃ち込まれたのだ。

だが、飯島の弾避けになった覚えなどない。偶然だ。なぜなら、竜崎はすぐ近くにいたウエイトレスを守ろうと動いたのだから……。

「誰がお前なんぞの弾避けになるか」

「なっただろうが。あの時お前が俺の前に出なければ俺が撃たれてた」

「偶然だよ、偶然俺に弾が当たったんだ。何くだらねーことといつまでも覚えてやがんだ」

「こっちはずっと気にしてたんだぞ」

「だから偶然だって言ってるだろう」

そう言うと飯島は心底ムッとした顔をする。そして軽く舌打ちしてからボソリとこう呟いた。

「……だから、お前は昔から嫌いなんだよ」


その頃『ルナティック』の店内で、謙二朗は四人の男たちに囲まれていた。

「よぉ、お目覚めか？　お姫様」

「！」

頭上から降ってきた声に完全に意識を取り戻し、ゆっくりと身を起こす。頭が割れるように痛く、吐き気もした。アパートの駐車場にバイクを停め、部屋に向かおうとしたところで後ろから鈍器のようなもので殴られたことを思い出し、自分が置かれている状況をようやく把握する。身じろぎすると、両腕を手錠で拘束されていた。

当然これくらいのことはするだろう……。

自分を取り囲む青年たちの姿に、放り込まれた少年院でのことを思い出す。あの時は五人に輪姦《マワ》された。芸のない奴だと、鼻で嗤う。

「やっぱり一人じゃあ何もできねーんだな」

「そんな口叩けるのは今のうちだぜ？」

「テメーに何ができんだよ？」

そう言うといきなり両脇を抱えられるようにして無理やり立たされ、八木沼の前まで連れていかれた。謙二朗は一切抵抗せず、真正面からじっと睨《ね》めつける。

「相変わらず挑発的だな」

八木沼はフン、と鼻で嗤い、ポケットから白い粉の入った袋を取り出した。そして仲間と視線を合わせ、唇をぐにゃりと歪める。

「なぁ、謙二朗。これ、何かわかるか？」

その問いかけにすぐには答えず、無言で八木沼を睨んだ。見るのは初めてだったが、容易に想像はつく。

「俺をシャブ中にしてヤクザにでも引き渡そうって？」

「ははっ、それもいいな。でも静脈に打つ意外にも、いろいろと使い道があるんだよ」

「……」

「俺はな、お前のその高慢な態度が最初から気に喰わなかったんだ。人のこと見下しやがって。お前見てるとマジムカつくんだよ」

八木沼が顎をしゃくると、回りにいた仲間たちが一斉に謙二朗に襲いかかってきた。

「うぐ……っ」

鳩尾に蹴りを喰らい、怯《ひる》んだところで四方から伸びてきた手に床の上に押さえつけられる。

わずかの身じろぎすら許されない。

謙二朗は覚悟を決めた。

「ヤりたきゃヤれよ。俺は女じゃないからな、輪姦《マワ》されたって痛くも痒《かゆ》くもねーんだよ」

「そう粋《いき》がっていられるのも今だけだぜ」

その言葉が合図とでも言うかのように、いきなり下着ごとズボンを膝まで下ろされた。

八木沼は取り押さえられた謙二朗の横に膝をつき、まるで観察するようにじっくりと上から見下ろしてくる。そしてクスリの入ったパケを破り、手のひらに取って自分の唾液《だえき》でそれを溶かし始めた。

「小せぇケツだなぁ。あン時もこのケツで俺らのことを愉しませてくれたよな。今日もサービスしてくれよ」

言いながら空いたもう片方の手で尻を鷲掴みにし、やんわりと揉みほぐし始める。そして屈辱に耐える謙二朗を嘲笑《あざわら》うかのように溶かしたクスリを指に取ると、無理やり挿入したのだ。

「ぐ……っ、……っ」

激しい痛みに襲われるが、声だけは出すまいと必死で唇を嚙む。しばらく、好き放題乱暴に中をまさぐられた。だが、八木沼はそのまま再び立ち上がると顎をしゃくり、仲間たちは申し合わせたかのように謙二朗の衣服をもと通りにしたのだ。

「ど……いう、つもり……だ」

「今にわかるさ。プライドも何もかも捨てたくなるぜ？」

ニヤニヤと笑いながら自分を見下ろす男たちの視線に、まるで見せ物にでもされたかのような気分になった。

「躰が疼《うず》いてきただろ？」

「……っ」

謙二朗は、躰を折るように身を小さくした。クスリを塗り込められた場所が、熱を持ち始めたのだ。それは次第に全身に回っていき、突然、自分の中で何かが炸裂《さくれつ》した。

電流が背中を走り抜けるような感覚に見舞われ、鳥肌が立つ。自分の躰が自分のものではなくなる気がした。

「はっ、はぁ……っ、……ぁ……っ」

謙二朗は、自分の躰に塗り込められたそれの意味をようやく理解した。覚醒剤《かくせいざい》には、セックスドラッグの効果もある。

つまり、ヤりたくなるのだ。水に溶かしてそれを性器に塗ることで男は勃起《ぼっき》が持続し、女は普段の何倍もの快感を得ることができる。もちろん、アナルセックスに使う場合もある。

「我慢しなくていいんだぜ。男を咥えたくなったんだろ？　自分でズボン下ろして股ァ開いて誘ったら抱いてやるよ」

「……っく」

「今さら恥ずかしがるなよ。『抱いてください』って懇願してみろよ」

「誰が……お前、なんか……っ」

「あ〜あ。強がっちゃって。でももう、エッチな顔してるぜ〜？」

ひゃははは……、と男たちの高笑いが響いた。それを聞きながら、謙二朗は床の上で身をくねらせ、襲ってくるものに耐えた。

八木沼は、力で押さえつけて犯したところで何も変わらないことを知っていたのだ。プライドを踏みにじるには、相手に自ら跪《ひざまず》かせなければならない。

躰に宿る疼きが次第に抑えられなくなってくると、自分が甘かったと深く後悔する。

(竜崎さん……っ)

謙二朗は、助けを求めていた。

出会ってまだ間もないというのに、なぜ竜崎なのか。これまで誰の助けも必要としてこなかったのに。バイクさえあればいいと思っていたのに。唯一、自分を気にかけてくれた兄にさえここまで心を開くことはできなかったのに。

だが、謙二朗は自分の嘘に気づいていた。

本当は、一人で生きるのは辛い。

子供の頃から母親の過剰な愛情のせいで友達など作る余裕はなく、他人との接し方を覚えられないまま中学に上がった。そして思春期に入り、悪い仲間とつるむようになってもエスカレートする母親との関係からは逃げ出すことができず、本当に心を許せる友人も見つけることができないまま大人になった。

だが、信用してもいい他人がいることを初めて知ったのだ。竜崎も、そしてオリーヴも、これまで出会ってきたどんな人間とも違った。

生まれて初めて、自分の居場所を見つけられた気がするのだ。

(竜崎さ……っ、助けて……くれよ)

謙二朗は苦しみに喘《あえ》ぎながら、心の中で何度もそう求め続けた。

風のない夜は蒸し暑く、これから何かが起こるのだというように澱みきった空気は不気味に静まり返っていた。

(ここか……)

竜崎は飯島から貰《もら》ったメモで確認すると、気配を殺そうともせず、タバコを咥えたまま目の前の階段を下りていった。店のドアの前には男が二人立っていて、一人は鉄パイプのようなものを持っている。

手前にいる青年が先にこちらに気づき、肩を怒らせてこちらへとやってきた。

「オイ、おっさん。ここは立ち入り禁止に……——うぐ……っ!」

竜崎はポケットに手を突っ込んだまま いきなり腹に蹴りを喰らわせ、前に倒れ込んでくるのを横から払うように踵を当てた。もう一人の若者が凶器を振りかざして襲いかかってくるが、それすらもあっさりとかわし、股間《こかん》を蹴り上げる。手を一切使わず二人をいとも簡単に伸すと、今度は足でドアを蹴り開けた。

中には四人。

店の中の視線が一斉にこちらを向く。竜崎はその中に、八木沼の姿を確認した。

「お前、この前俺が言ったこと忘れたのか」

「な、なんでここがわかった」

「さぁてねぇ」

ずっと使われていない店内は、カビと埃の匂いがした。謙二朗が床にうずくまっているのを見て、竜崎の目がさらに鋭くなる。

「よくもうちのを可愛がってくれたな」

「はっ、だからどうした？」

謙二朗との間に四人を挟んだような格好で対峙すると、竜崎はタバコを床に落とし、それを爪先で揉み消した。そして次の瞬間、竜崎はまるでハヤブサのようなスピードで一番手前にいた青年に襲いかかったのである。

「ぐぁ……っ！」

すごい勢いで後ろに吹き飛んだ仲間を見て、他の連中は一瞬たじろいだ。麻のジャケットの裾《すそ》が翻ったかと思うと、逃げる間もなく一人、また一人と床に崩れ落ちていく。

だが、三人目が床に膝をついた時だった。

「おい、こいつがどうなってもいいのか！」

「！」

八木沼は謙二朗の背中を足で押さえつけると、ポケットからバタフライナイフを取り出したのだ。ブレードのところには、蝶《ちょう》のマークが刻みつけてある。ベンチメイド。

持ち物だけは一人前だ。

「今度は刃物か」

「黙れ。両手を上げてそこに立て」

言う通りにすると、八木沼は『やれ』と仲間に指図した。先ほど竜崎に蹴り上げられた男がゆるりと立ち上がり、仕返しとばかりに大きな動作で竜崎の左頬を殴る。

「……ぅぐ……っ！」

まともに喰らい、大きく後ろに倒れた。そして無理やり立たせられ、今度は鳩尾に膝蹴りを喰らう。続けざま背中に肘を打ち込まれ、倒れ込んだ途端容赦なく蹴りを入れられた。

「かは……っ！」

口にたまった血を床に吐くと両側から足で肩を押さえつけられ、完全に自由を奪われる。

「元四課かなんだか知らねーけど、この前みたいにはいかないぜ？」

立ち上がることすらできなくなった男に、若者たちの嘲笑《ちょうしょう》が注がれた。だが、四人に取り押さえられていても目は鋭いままだ。それが癪《しゃく》だったのか、八木沼は謙二朗の髪の毛を鷲掴みにして顔を上げさせる。

「そんな顔するなよ、おっさん。こいつだって本当は俺らと一緒に愉しみたいんだぜ？　なぁ？　謙二朗」

謙二朗の耳元でそう囁き、ジーンズの上から尻をぐぃ、と摑んだ。

「……っく」

「さっきからヤリたくってヤリたくって仕方ないって顔だな。お前が男に突っ込まれて悦《よろこ》ぶところ、あいつにも見せてやろうぜ？」

「だれ……が、テメェなんか……っ」

「へぇ、まだそんな口叩いてられるんだ？」

ククク……、と嫌な笑みを漏らしながら、調子づいた八木沼はさらに謙二朗の躰に手を這わせていく。

「本当はここに欲しいんだろ？」

そう揶揄《やゆ》すると、竜崎を押さえている青年たちはケラケラと嫌な笑い声を上げた。

「『八木沼様のぶっといおチンポを挿《い》れてください』って言ってみな」

その声が、次第に倒錯したものとなっていく。

（あンのクソガキが……っ！）

店の中は、異様な空気に包まれ始めていた。隔離された場所や自分が一番有利だという状況下に置かれると、人間はより残酷になる。

「八木、沼……っ」

「なんだよ?」

勝ち誇ったように嗤う男に、謙二朗は上がる息をなんとか抑えながら声を絞り出す。

「こんな、こと……くらいで、俺が……っ」

「なんだよ?」

「……ぅ……っ」

もう、言葉すらロクに発することができないのを見て『お前ら、その探偵をちゃんと押さえてろよ』と言ってニヤリと笑った。

「たっぷりと可愛いがってやるぜ?」

八木沼は舌なめずりをすると、目をぎらぎらとさせながら自分のズボンのファスナーを下ろそうとした。まるで発情したオスザルである。だが、次の瞬間——。

「——っ!」

謙二朗は最後の力を振り絞るように、八木沼の手を蹴ったのだ。ナイフが弧を描いて店の隅まで飛んでいくと、竜崎はとっさに自分を押さえる男たちの足を払い、立ち上がった。

「——ぅわ……っ!」

「ぁが……っ」

「ぐっ!」

薄暗い店内に、男たちの呻《うめ》き声が響く。

あっという間の出来事だった。

「息の根を止めるまで、獲物から目を離すモンじゃあないぞ」

「……っ！」

「や、やべぇ。逃げるぞ」

先ほどの竜崎の動きを見ているせいか、形勢が逆転した途端、男たちは蜘蛛《くも》の子を散らすように逃げていった。

残ったのは、八木沼一人だ。

「くそ！」

八木沼がナイフを拾おうと手を伸ばすと、即座にそれを踏みつけ顎を蹴り上げ、拳を顔面に叩き込む。そして床の上に取り押さえた。

「ぅぐ……っ」

「オイ、坊や。お仲間は消えたぞ」

「だ、だからどうした……っ」

流れる汗が八木沼の顎の先から滴り落ち、床を濡《ぬ》らした。口では強気なことを言っているが、無理をしているのがわかる。

目には、恐怖の色が浮かんでいるのだ。

「いいナイフ持ってるなぁ、お前」

それを拾いながらぞっとするような冷たい声で言うと、八木沼を膝で押さえつけたまま、手のひらを上にして床に押しつけた。そして、小指の第二関節にナイフを押し当てる。

「指の詰め方を教えてやる」

「や、やめろ……っ」

「大丈夫だよ。自分の指が落ちる瞬間を見ないでいいように後ろ手でやってやるから」

ゴリ、と鈍い音がしたかと思うと、人気のない店に凄《すさ》まじい声が響いた。

「――ぐぁああ……っ！」

脂汗を流す八木沼は、歯を砕けんばかりに喰いしばっていた。今上げた声のせいか、息をするたびに喉がヒュウ、と音を立てる。

「もう一本行くぜ？」

「ひぃ……っ。や、やめろぉ……っ」

「なんだ？　さっきの威勢はどうした？」

「わ、悪かったよ。もう二度としねーよぉ」

「指が惜しいか？」

その問いに、八木沼はなんとも形容し難い声を発しながら何度も頷いた。漂ってくるアンモニア臭で、ズボンが濡れていることに気づく。失禁したのは痛みからか、それとも恐怖からか……。

「これが最後の忠告だ。謙二朗には近づくな。三度目はないぞ。わかったな」

竜崎はナイフの刃をしまわずに、そのまま投げ捨てた。それはくるくると回り、大井近くの壁に深く突き刺さる。

そして八木沼の襟を鷲摑みにして乱暴に立たせたが、床に落ちているはずの八木沼の指はちゃんとついていた。血だらけの右手を左手で庇《かば》うようにして呆然《ぼうぜん》としている。

「坊や、指のつけ根を強く縛って病院へ行け。指を落とさなかったのは俺の情けだ。そのケガじゃあ警察に通報されるかもしれないが、言いたきゃあ誰にやられたか言ってもいい。俺は今さら自分を守ろうなんて思っちゃいない。逃げも隠れもしないぞ」

「……っ」

その言葉に竜崎の真の恐ろしさを見たのか、八木沼は捨て台詞の一つすら残さず、逃げ去っていった。

店の中が再び静けさを取り戻すと、竜崎は部屋の隅でうずくまっている謙二朗にゆっくりと近づいていった。そしてその横に落ちている小さな袋を拾い、中に残った粉を指に取って舐めてみる。

（粗悪品だな……）

辺りを見渡し、注射器《ポンプ》がないのに『さすがに静脈には打たなかったか』と安堵《あんど》の溜め息をつく。だが、謙二朗の様子を見てそう楽観できる状況でもないことがわかった。

四課にいた頃、自分が打っていた覚醒剤を互いの性器に塗りたくり、血が滲むまでヤリ狂ったヤクザがいた。

「大丈夫か……？」

「だいじょうぶ、だよ。さわ、るな……っ」

「手を出せ。手錠を外してやる」

竜崎は、麻のジャケットのポケットから小さなピンを取り出した。真夏でも必ず一枚羽織っているのは、こういった小道具を隠し持っていられるからだ。

いとも簡単に手錠の鍵を外し、腕を取る。

「行くぞ」

無理やり立たせると、竜崎は謙二朗を引きずるようにして外へと連れ出した。


バン、と勢いよく事務所のドアが開いた。

連行するように軽々と右腕一本で謙二朗を連れて中に入っていくと、竜崎は真っすぐに奥の部屋へと向かった。

「離してくれよ……っ、竜崎さ……っ!」

「うるさい。黙ってろ」

「は、……離せ……っ」

抵抗する謙二朗を奥の部屋へ放り込み、外から鍵をかける。ジャケットを脱ぎ捨てるとタバコに火をつけ、先ほどから自分の机でふんぞり返っている男に迷惑そうに吐き捨てた。

「なんだ、飯島。まだいたのか?」

「鍵もかけないでさっさと出ていくから、留守番してやってたんだよ」

「あーそうか。だったらもう帰っていいぞ」

「相変わらずムカつく野郎だな」

飯島はそう言うと、不意に真面目な顔をしてこう言った。

「ところであいつ、どうかしたのか？　普通じゃないぞ」

さすがに四課の刑事《デカ》だ。謙二朗が連れ去られた状況からある程度のことは想像しているらしい。どうせこの男に隠したって無駄だろうと、竜崎はあっさりとゲロする。

「覚醒剤だよ」

「……」

「そんな顔するな。静脈に打たれたわけじゃない」

「なるほどね。私刑《リンチ》より強姦ってわけか。あの面じゃあ仕方ねぇか」

からかうように言った飯島をジロリと睨み、それ以上は何も言うなと視線で黙らせると、流しの下の棚を物色しに行った。そしてサラダ油の入ったボトルを見つけ、手を伸ばす。

半年くらい前に買ったものだが、封はまだ開けてない。

平然とした顔でそれを持って戻ってきた竜崎を見て、飯島は心底呆れたような顔をした。

「おいおい。お前、まさか……」

「なんだよ？」

文句があるのかと睨むと、肩を竦めて椅子から立ち上がる。

「お前、本当に野蛮人だな」

「なんとでも言え。どうせ俺は刑事辞めて探偵になるようなくだらん男だ」

「ふん。ま、せいぜい可愛がってやれ」

そう言い残し、飯島は『お邪魔様』とばかりに事務所を出ていく。再び水を打ったような静けさが降りてくると、竜崎は奥の部屋のドアのところまで行き、そっと鍵を外した。

そしてドアを開けた瞬間、それを見計らったかのように謙二朗が外へ飛び出してくる。

「……っ！　どこに行くつもりだ？」

「帰る……っ」

あっさりと捕まった謙二朗は、竜崎の手を払いのけると壁際まで行き、膝を抱えるようにしてうずくまった。

「頼むよ、竜崎さん……。帰りたいんだ」

「その躰でどうやって帰るんだ？」

「タクシー、……拾う」

もう限界に近いのだろう。発せられる声から、欲情しているというのがありありとわかるのだ。もともと語尾が掠れたようになるせいもあり、震えながらもなんとか平静を保とうとしている姿がやけに扇情的だった。こんなふうに耐える姿は、男をサディスティックな気分にさせる。

もともとその傾向が強いだけに、竜崎は自分でも抑えきれぬ残酷な欲望が頭をもたげるのを感じていた。

「それで？　アパートに帰ったら自分で尻に指突っ込んで処理すんのか？」

「竜崎さんには……っ、関係、ない」

「それこそあの男の思うツボだ」

「嫌、なんだよ……っ。アンタに……こんなみっともない、姿……っ」

言い終わらないうちに、竜崎は抗《あらが》う謙二朗を無理やりソファーのところまで引きずっていった。そして、テーブルの上の灰皿でタバコを揉み消してから強引に自分の方へと引き寄せる。

「離せ……っ。竜崎さんがっ、こんなこと……、する必要ないだろっ」

「そんなこと言ってる余裕あるのか？」

「離……っ、……ぁ……っ！」

腰に回した右手を下にずらし、自分の状態を認めろとばかりに尻の谷間に指を這わせた。するとと謙二朗はびくり、と反応してみせる。

「ぁ……、あ、……ぁあ……」

服の上から触れただけだというのに、謙二朗の吐く吐息はすでに甘さを帯びていた。はじめは抵抗するつもりで置いた手も、竜崎のシャツの肩口を握り締めているだけである。

「それに勘違いするな。お前のためじゃない。俺がやりたくてやってんだよ」

「や……っ、……あっ、はぁ……っ」

「罵るならそうしろ。俺はそういう男だ」

耳の後ろに唇を押し当てると、謙二朗はもう耐えきれないとでもいうように竜崎の首に腕を回してきた。助けを求めるように腕にぎゅっと力を籠め、縋りついてくる。

「いい加減、観念しろ」

「はぁ……っ」

「躰が言うことをきかないんだろう？」

「竜崎、さ……っ、ぁ……っ」

もつれるようにソファーに倒れ込むと、竜崎はズボンを乱暴にはぎ取ってシャツのボタンを外した。その下に隠された躰は細く、少年の特徴を残していた。躰に入れられたクスリのせいか象牙色の肌は淡く色づき、微かに触れただけでもビクリと反応する。

それは、竜崎を凶暴な気分にさせた。

もう、ずっと思っていたことだった。躰じゅうを舐め回し、この薄っぺらい尻に己を突き立てたいという邪な妄想に取り憑かれていたのだ。我ながら浅ましいと思いながらも、気持ちを誤魔化すことはもうできない。

いつも生意気な口を叩く謙二朗を自分の下に組み敷き、啼かせてみたいと思っていたのは事実なのである。

「――ぁあ……っ！」

硬直したそれを口に含んでやると、細い肢体は弾けるように反り返った。

「ぁ……、んっ」

クスリを塗り込められたその場所はもう限界を超えているだろうに、竜崎はわざとそこには触れず、焦らすように尻を揉みしだいた。

我ながらいけずなことをするなと思いながらも、やめる気はない。どうせここまでしてしまったのだ。何をやろうと同じである。

「りゅ、ざきさ……っ、ん……あぁ……」

その奥で燻《くすぶ》るものに身を焦がされながらも、直接与えられる刺激には勝てないらしく、口の中のものはびくびくっ、と痙攣《けいれん》しながら生暖かい液体を吐き出した。竜崎はなんの迷いもなくそれを呑み、顔を上げる。

「――はぁっ、……はぁ……っ」

謙二朗は、激しく胸を上下させていた。焦点は定まっておらず、放心したように脱力している。だが、竜崎は躰を休めさせようとはせず、台所から持ってきたサラダ油の蓋《ふた》を開け、それを指先に塗りたくった。

こんなものを使うなんて確かに野蛮人だと、先ほど飯島に言われた言葉を思い出す。だが、抜かりなく準備を整え、すべてがセッティングされた場所で抱くよりも、こうして間に合わせのものを使って辱める方がいい。その刹那《せつな》的な交わりは動物的で興奮を呼び、竜崎はただの牡《オス》になる。

「ぁう……っ」

指を挿入すると、謙二朗は苦しげに息を詰まらせた。

「我慢するな。クスリが抜けるまで俺が相手になってやる」

「はぁ、ぁあ、……んぁあ……っ！」

すぐに指を二本に増やし、中を擦りながらその反応をじっと見下ろしてやった。目許を染め、熱に浮かされたかのごとく首を左右に振る姿はたまらない。アヌスはしっかりと竜崎の指を咥え、ぎゅうぎゅうに締めつけてくるのだ。蠢《うごめ》く肉は愛撫《あいぶ》を乞《こ》うように吸いついてくる。

たまらず、竜崎は唇を重ねた。

「ぁ……ん、ん、……ふ……ぁ」

口内をくまなく舐め回すと、謙二朗も自ら舌を絡めてきて応《こた》え始める。歯がぶつかり合うほど激しい口づけに息を上げながらも、もっと深く……、と懇願するようにしきりに求めてくるのだ。それが愛しくて、竜崎は下唇を甘噛みし、顎から首筋へと移動させた。いたずらに喉笛を噛むと、そこがイイというように小刻みに唇を震わせながら小さく啼く。

竜崎は一度身を離し、上着を脱ぎ捨てた。

銃創のある鋼の肉体が露《あらわ》になると、謙二朗は獣の匂いを漂わせる男の姿に負けを認めたかのような目で見上げる。

「どうした？　これがめずらしいか？」

肩にはっきりと残る弾丸の貫通した痕《あと》に触れ、微かに口許を緩める。そして再び指で後ろを嬲《なぶ》りながら、首筋を噛んだ。

「ぁあ、……竜崎さん……っ」

その声を耳元で聞きながら、慎《つつ》ましく色づいた胸の突起を硬く尖るまで指で擦ってやる。

敏感なそこはツンとなり、次第に赤味を帯び始めた。さらに指で強くつまむと、謙二朗の躰は陸《おか》に打ち上げられた魚のようにびくびくと跳ねる。

そんなにイイか……、と同じ場所を執拗にいじり回し、そして今度は唇で触れた。

「――ぁ……っ！」

全体を舌で擦り、転がし、そして歯を立てる。あらゆる手練で弱いところを攻め続けると、謙二朗は熱に浮かされたように竜崎の名前を呼んだ。そして、自分から腰を押しつけ、のけ反るようにしながら再び白濁を放った。

「あ、あ、ぁあ……っ！」

うっすらと汗を滲ませ、自分の腹の上に白い飛沫《ひまつ》をほとばしらせるその姿は艶《なま》めかしく、いつまでも見ていたい衝動に駆られる。だが、竜崎は再び、それを丁寧に舐め上げていった。

舌が肌を擦る感覚に、腹筋がぴくりとなる。

「ん……っ」

もう、思いのままだった。力で押さえつけなくてもいいのだ。完全に自分の手中に堕《お》ちている。

少なくとも、今だけは……。

「まだ挿れてもないのに、こんなに零《こぼ》してしまって大丈夫なのか？」

からかうように言い、放たれたものを舌で全部舐め上げると、竜崎はわざとゆっくり、自分のズボンのファスナーを下ろした。あてがうと、謙二朗はそれを待ち焦がれていたとでも言うような反応をしてみせる。

「ぅ……っく、……つぅ……っ、んぁ、……はや、く……っ」

「なんだ？」

「はや……く、俺……変、なんだよ……っ」

「そんな可愛い顔で言うなよ」

暴走してしまいそうな自分を抑えながら、中を傷つけないように竜崎はゆっくりと腰を押し進めた。

「んぁあ……っ、あ、あっ」

全身をうち震わせながら、謙二朗はしっかりと竜崎を呑み込んだ。細い躰で自分を受け止める姿が、いじらしい。

それを上から見下ろしながら両足を大きく開かせ、腰を使い始める。始めはゆっくりと、徐々に力強く突いてやると、謙二朗はその動きに合わせるように躰をのけ反らせた。

「ぁ……う、っく、んぁ。——ああっ！」

まだこれからだというのに、謙二朗はすぐに絶頂を迎えた。竜崎は零れた白濁を手で拭《ぬぐ》い、またそれを舐めてきれいにした。

そして、再び覆い被さる。

「竜、崎、さ……ぁ」

「なんだ？」

謙二朗の声は、掠れきっていた。

「もっと……、……っ、もっと……してくれよ……っ」

「まだ、足りないか？」

「……っ、まだ……っ、まだ……熱いんだ……っ」

傷口から膿《う》んでいくかのように、まだ若く青い獣は、自分の躰を火照《ほて》らせていた。すでに三度放っているのに、まだ体力が残っているのかと心配になる。だが、そうしないと躰がどうにかなってしまうとでも言うように、謙二朗は自ら竜崎を引き寄せるのだ。

「……熱い……っ」

際限なく求められ、竜崎は言われるまま再び腰を使い始めた。背中に爪を喰い込ませられると、この行為ではなく自分自身が求められているような錯覚に陥り、束の間の夢に身を浸らせる。

「愛してると、言ってみろ」

「う……、……あっ」

「言ったら、もっと気持ちよくしてやる」

自虐的な行為だとわかっていても、どうしてもそれを催促せずにはいられなかった。

「ほら、言ってみろ」

こめかみに口づけ、頼むから……、と心の中で繰り返す。すると謙二朗は赤く色づいた唇を震わせながら、吐息のような小さな声を出した。

「あ……愛してる……」

その言葉に、竜崎は酩酊《めいてい》した。

「謙二朗」

「愛してるよ……っ」

自分が何を言っているかもわからないまま、譫言《うわごと》のように何度もその言葉を口にする。

だが、それでもよかった。

普段は切りつけるような視線で睨んでくるというのに、熱に浮かされたように瞳を潤ませ、懇願してくるのだ。きっとこんな姿は二度と見られない。これこそ男の悦びだと、竜崎は容赦なく中を擦った。

「ぁ……ん、……ん……はぁ、あぁ……」

何度突き立てても足りない。自分の腕の中で悶《もだ》え、暴れるこの男が愛しくてならない。

「謙二朗……っ」

クスリによって狂わせられた躰を持て余し、足りない、もっとしてくれ、と啜《すす》り泣くその姿に夢中になり、竜崎は自分の腕の中で暴れ狂う獣を何度も揺さぶり続けた。

朝の六時を回る頃、事務所の奥の部屋のドアがゆっくりと開いた。外は既に明るくなっており、竜崎はブラインドの間から微かに漏れてくる明かりすら眩しい気がして目を細める。

謙二朗はソファーで寝息を立てていた。

際限なく求められ、さすがの竜崎も疲労困憊《こんぱい》していた。五時間近く腰を使い続けたのなんて初めてだ。もともと性欲は強い方だったが、十代の頃ですらさすがにここまで酷使したことはなかった。

謙二朗の尻に塗り込められたものが竜崎にも影響したのか、自分でも信じられないほど限度というものを知らず、最後まで隆々としていたのだ。あの細い躰に何度己を注ぎ込んだかわからない。

竜崎は椅子に座ると机の上に両足をドカリとのせ、背もたれに躰を預けて上を向いたまま目を閉じた。

（くそ……）

クスリがもたらした狂気に満ちた一夜を思い返し、いささか落ち込む。きっと、謙二朗は事務所を辞めるだろう。当然だ。あんなことになってしまっても、ここにしがみついていなければならない理由はない。

だが、この期に及んで手放したくないと思っているのだ。己の身勝手さが恨めしい。

しばらくそんなことを考えていたが、竜崎はその格好のままスコン、と眠りに落ちてしまった。五時間もやり狂えば当然だろう……。

そして、それから二時間くらい経っただろうか。謙二朗が奥の部屋から出てくる気配に竜崎は起こされた。だがすぐには目を開けず、引きずるような足音が目の前を通り過ぎるのを、じっと待つ。

そしてシャワーの音が止まり、再び足音が戻ってきた。

(もう行っちまえ……)

引き止めたいのを我慢して、謙二朗が行きやすいようにと、たぬきを決め込む。

だが――。

シャン……ッ、とブラインドが上がる音がして、いきなり強い日差しが差し込んできた。

「……っ!」

「いつまで寝てんだよ?」

眩しそうに目を開けると、謙二朗はいつもと変わらぬ様子でこちらを見下ろしていた。てっきり何も言わずに出ていくかと思っていたのにと、竜崎は不可解そうな顔をする。

そして、その時だった。

「竜ちゃん謙ちゃ～ん、おっ、はっ、よっ」

入口のところからオリーヴが顔を覗かせ、手を振りながら『うふ』とやってきたのだ。

「オリーヴさん、今日は早いね」

「ええ。新作のおかず作ってきたのよ」

「え、ほんと？」

「もちろん、謙ちゃんの好きなタコさんウィンナーもあるわよん」

自分には憎たらしい口を叩くくせに、オリーヴにはすっかり懐いてしまっている。

昨日のあれはなんだったんだ……、と思わず言いたくなるのを我慢して、机の上から足を下ろし、のっそりと上半身を起こしてタバコに火をつけた。

「竜崎さん、飯先に喰ってるぜ？」

どういうつもりだと思うが、答えは一つだ。

どうやら、ここに残るつもりらしい……。

それはそれで嬉しいような気もするのだが、昨夜《ゆうべ》の行為を屁《へ》とも思っていないような態度がどうも腑《ふ》に落ちない。あんなにひぃひぃ啼いていたのに、やはりクスリのせいだからと割り切ってしまったのか。

愛してる……、とまで言わせただけに、その潔さが恨めしくもある。

（俺の気も知らねェで……）

電話が鳴ったが、取る気力すら湧かずふてくされていた。すると謙二朗が面倒臭そうに立ち上がり、竜崎のところまでやってくる。

そして、いつまでも昼行灯《ひるあんどん》のごとくぼけっとしている男に向かって『誰が辞めるかよ』という挑発的な視線を送りながら、受話器を取ってこう言った。

「――はい、竜崎探偵事務所」

愛とバクダン 2

二月。すべてが凍《い》てつく季節がやってきた。年が替わる頃は暖冬かと思われるほどの穏やかな気候だったというのに、ある日を境に寒さがズシン、と降りてきて街には小雪が舞い散り始めた。冷たく乾いた風は道ゆく人々の頬《ほお》を容赦なく切りつけてくる。だが、人が生活する場所は活気に満ち溢《あふ》れていた。

もちろん、この竜崎《りゅうざき》探偵事務所も例外ではない。いつも一人だった事務所には若くて生意気な男が入り、その若い男を目当てにオリーヴという男性ホルモンの多いオカマが頻繁に姿を現すのである。今日はまだ姿を見せていないが、週に三回は来るのだから活気が出ないわけがないのだ。

「竜崎さん。昨日の夜、またストーブの上で餅《もち》焼いただろ?」

謙二朗《けんじろう》の声が事務所に響くと、竜崎は読みかけの新聞から目を離した。

「ああ、仕事から帰ったら腹が減ってな」

「もー、直接置くなってって何度言ったらわかんだよ。掃除する身にもなれって。引き出しの中にアルミホイルがあるだろ」

「ん?」

「ホラ、これ! これがアルミホイルっていう便利な代物なんだよ。よく見ろ!」

当てつけがましく目の前にそれを差し出され、竜崎は横に立った謙二朗をじっと見上げた。

自分を見下ろす男は、心底呆《あき》れ返ったような顔をしている。

「ったく、うるせぇなぁ、お前は」

「なぁ、ファンヒーター買おうぜ？　今時石油ストーブなんて古いって」

「贅沢《ぜいたく》言うな。それに俺はストーブの方が好きなんだよ。やかんをかけりゃあ勝手に湯は沸くし、おでんも喰《く》い放題」

そう言って謙二朗の提案を一蹴《いっしゅう》するが、それがいけなかった。

「あ。そうだよそれっ！　それも言おうと思ってたんだよ！　事務所のストーブでおでん作るのやめてくれよ」

「夜中に帰ってきて腹減ってる時便利だろ」

「じゃあ皿くらい自分で洗えよ」

「あ？」

「俺が全部やってんだぞ。からしも出しっぱなしだし、アンタ俺が来る前はどーしてたんだよ？」

ったく……、と言いながら頭を抱える謙二朗を見て、竜崎は気づかれないよう小さく肩を竦《すく》めた。こううるさくちゃあ敵《かな》わない。まるで口うるさい嫁を貰《もら》った気分である。

謙二朗は案外きれい好きで、よく掃除をしながらブツブツと文句をタレるのだ。タバコの灰を机に零《こぼ》したままでいると今のように目くじらを立てるし、食べかけのパンの袋を放置していれば文句を言う。

そういう時、竜崎は昔世話になった上司がよく零していた台詞《せりふ》を思い出す。

『うちのかみさんは口うるさくて敵わんよ』

それはすっかり口癖になっていて、署の誰《だれ》もが聞いたことのあるお馴染《なじ》みの台詞だった。

だが、そんな愚痴を零す時の上司は幸せそうで、結婚に少しの憧《あこが》れも抱いていなかった竜崎はいつも不思議に思ったものだ。

自由は奪われるし家にいても隅に追いやられる。財布は握られ尻《しり》には敷かれ。いいことなんて何一つないのだ。しまいには娘に『パパのパンツと私の下着を一緒に洗わないでよ！』なんて言われ、自分の部下にしみじみとそれを語りながら背中を丸めるのである。

だが、それでもなぜ世の男どもが家庭というものを持ちたがるのか――今ならほんの少しだけわかる気がするのだ。謙二朗に『アンタだらしねーんだよ』なんて言われると、なんとなく和んでしまうのである。『はいはい』なんて適当に相槌《あいづち》を打つとますます怒るのだが、そういう時の表情がまたたまらない。

「アンタなぁ」

竜崎の反応をどう取ったのか、謙二朗は反省の色を微塵《みじん》も見せない男に向かって嫌味たっぷりにこう続けた。

「嫁さんでも貰えば？」

ジロリ、と見下ろされ『お前でいいよ』と思わず返しそうになり、竜崎は自分の思考が普通でないことに気づいた。

(俺は何を考えてんだ……)

一瞬でも『身を固めていい』というようなことを考えてしまった自分に呆れてしまう。

(何がお前でいい、だ。アホらし)

赤面しそうになるのを堪《こら》える竜崎だったが、謙二朗はさらに続けた。

「ほら。『blue berry』の翔《しょう》ちゃんって奴、貰ってやればいいじゃん」

ぎくり。

突然出た名前にタバコを持つ手が止まる。

「この前アンタがいない時に事務所に来て根ほり葉ほり聞かれたぜ？　なんで俺がアンタの愛人呼ばわりされなきゃなんねーんだよ」

「……、……」

「そういや弘《ひろし》君ってのもいたな。電話でいきなり『アンタが謙ちゃんなのっ』とか言ってたぜ。恋人は一人にしろよ。可哀相《かわいそう》だろ」

「……、――……」

何を見当違いなことを……、と竜崎は脱力した。翔も弘もただのセックスフレンドだ。もちろん二人とも本命はちゃんといる。

節操ナシだった竜崎がそういった遊びから足を洗って半年――。

今は出家した僧のごとく慎《つつ》ましい性生活を送っているというのに、それまでの悪い遊びのツケが回ってきたとでもいうのか。竜崎を変えた青年がどんな男か、みんな面白半分に探ろうとしているのだ。そんな一癖も二癖もある連中に対し『可哀相だろ』なんて発想ができるのがすごい。この男に『躰《からだ》だけの関係』なんて観念は存在しないのか――ふとそんなことを考え、こんな天然にまともに向き合っていられるかと半ばヤケになる。

「大人の遊びにいちいち口を挟むなよ」

「節操なくヤりまくるのが大人ってのかよ？」

「ま、ガキにはわからんだろうがな」

「ンだとぉ？」

いつもの調子で喰いかかってくるのを、タバコを咥《くわ》えたまま挑発的に見返してやる。本当ならこんな生意気なガキは、便所にでも連れ込んでひぃひぃ言わせてやるところだ。

だが、そんな竜崎の思いなんて知りもせず、ドアの向こうでした人の気配に気づいた謙二朗は『ふん』と非難めいた視線を残してそちらへ向かうのだ。そして竜崎の憎たらしい助手はドアを開け、外にいた人物を中に促すと今までの暴言が嘘《うそ》のように接客用の仮面を被《かぶ》って丁寧な口調でこう言った。

「どうぞ、お入りになってください」

外面は完璧《かんぺき》である。

謙二朗が竜崎の事務所に来てから、約半年が過ぎていた。悪友、深見《ふかみ》からの大事な預かりものはいろいろと問題も抱えていたが、今はなんとか上手くやっている。相変わらず口は悪いわ生意気だわで衝突も多いのだが、そんなものをすべて差し引いても重宝する人材だということは言うまでもない。

今も一番苦手とする〝女〟を前にしているが、謙二朗なりに気を遣って応対している。

「どうぞ」

事務所を訪れた客人にお茶を出している姿を見て、竜崎は半ば感心していた。

(こりゃあ、持って生まれた才能だな)

無意識とはいえ、女に対して妙な警戒心を抱いてしまう謙二朗はこうしているとはにかんでいるようにすら見えるのだ。そういう純情そうなところに大人の女は弱い。

目の前の婦人の緊張が和らぐのを感じ、竜崎は見た目というのがどんなに人の心証をよくするのか心底思い知らされた。やはり無精髭《ひげ》の胡散臭《うさんくさ》い男より、目の保養になる青年の方が女性の応対には向いている。しかも今日の依頼人は、窓に書いてある竜崎探偵事務所の文字を見て飛び込みでやってきたのだ。

いかにも『思いつめるあまりついドアを叩《たた》いてしまった』というような上品な婦人は、謙二朗の丁寧な応対にここが信用の置ける探偵社だと判断したようだ。

「探偵を見るのは初めてですか?」

「ええ……」

「まぁ、あまり緊張されないでください。こういうところに来るのはなかなか勇気が要《い》ったと思うのですが、相談だけで料金を請求したりはしませんから」

そう言うと、婦人はようやく笑みを見せた。

四十半ばといったところだろうか。笑うと目尻の皺《しわ》が目立つが、なかなかの美人だった。若い頃はさぞモテただろう。そんな想像をさせる身なりのいい婦人を前に、竜崎もより丁寧な口調で料金の説明を始める。

「うちは事前に料金を提示して契約書を作るようにしています。調査中にかかった経費は別になりますが領収書を提出します。もし不明なものがあれば説明はしますし、最後までご納得頂けない時はお支払いを拒否されても構いません。我々も日頃から無駄に経費を使わないようにしていますから遠慮なくどうぞ。それで、内容はどういったものです？」

「息子の素行調査なんですが……」

「では、基本料金はこちらになります」

料金表を提示すると、婦人はそれをそっと覗《のぞ》き込んだ。

この事務所では基本料金を最低限に設定してあり、まず前金を半額、調査が終了した時に残金と成功報酬を支払ってもらう形式を取っている。仕事が失敗したというのに、無駄に料金を請求する輩《やから》も多いからだ。

「ひとまず調査期間を十日間と設定して計算しますと、金額はこちらですね。不安でしたら他《ほか》の探偵社に見積もりを取って頂いても結構です。契約はそれからでも……」

「いいえ。この料金でしたら問題ありません。せっかくですから契約していきますわ」

「え……」

「ですから、さっそくお仕事を依頼しようと」

不安そうにしていたわりには、案外あっさりとしたモンだなと竜崎は感心した。母は強しと言うが、やはり息子のためならそうなれるのか。女ってのはよくわからない。

そんな竜崎の思いをよそに、婦人は自ら進んで具体的な依頼内容へと話を進める。

息子の名前は尾道拓也《おのみちたくや》。十六歳。ここ最近、小遣いの使い道が不明瞭《ふめいりょう》だというのだ。以前は小遣い自体使うことがあまりなかったというのに、アルバイト情報誌を隠し持っていたり、帰りが遅かったり……。

彼女の心配は、苛《いじ》めなどで恐喝の被害に遭っているのではないかということだった。写真を見ると、確かにおとなしそうで苛めのターゲットにされそうな雰囲気ではある。この歳《とし》で母親に小遣いの使い道までいちいち把握されるのは気の毒だが、若者の犯罪が凶悪化していることを思えば仕方がない気もした。

「では、ひとまず調査期間は二週間ということでよろしいですか？」

「ええ。必要であれば延長もお願いできるんでしょう？」

どうせならとことん調べて欲しい、とつけ加える彼女を竜崎はチラリと見て『もちろん、引き受けたからには全力を尽くします』と答えた。金に糸目はつけないという姿勢に、息子への執着ぶりを見せつけられた気がする。

依頼人が帰ると、謙二朗は腕組みしたまま少し不満そうな顔でボソリと呟《つぶや》いた。

「息子の素行調査ねぇ」

「そんな顔するな」

母親の過剰な愛情に苦しんだ過去を持つ謙二朗だからこそ、そう言いたくなるのも仕方がなかったが、探偵の仕事なんてどれも似たようなものだ。

「それ、俺がやろうか？」

「え？」

「俺がやろうかって言ってんだよ」

思ってもみなかった謙二朗の言葉に、竜崎は一瞬目を丸くした。

「無理すんなよ」

「別に無理なんかしてねーよ。今度の調査対象者《マルタイ》は高校生なんだろ？　若い奴が集まるところにも行くだろうし、俺の方がいいだろ」

確かに一理ある。

てっきり、あの母親が気にくわないとでも言い出すのかと思っていたのだが、成長したということなのだろうか。

じっと見つめると『なんだその疑い深い眼差《まなざ》しは』というような顔をしている。

「でもお前。今一件抱えてるだろ。例のプチ家出のガキは見つかりそうなのか？」

「ああ、あれは三日もあれば十分だよ。目星はついた。あとはよく通ってるってクラブ張り込みしてとっ捕まえるだけ。それに竜崎さんだって二件抱えてるくせに」

ジロリと睨《にら》まれ『俺とお前とを一緒にするな』という言葉が喉《のど》まで出かかったが、すんでのところで呑《の》み込んだ。それが謙二朗の自尊心を傷つけてしまうことは明らかなのだ。この男は認められたがっている。

それはこの半年、謙二朗と仕事をしてきて痛いくらい思い知らされたことだ。特別扱いされることを嫌い、守られることを嫌う。

半年足らずでここまで成長したことを思えば十分すぎるのだが、謙二朗はその程度では満足しない。対等でありたいと思っているのがわかるのだ。そして、自分の青さを十分知っているからこそ、それを望んでいるのもまた事実だった。

「じゃあ、お前がやるか？」

「ああ」

依頼書を手渡すと、目を通す謙二朗の表情をそっと見る。任せてもらって嬉《うれ》しいのと、自分から言い出したからには下手な仕事はできないというのが半々ずつ――。

（こういう時はカワイイんだがな）

その表情に魅入《みい》られてしまいそうになる自分に気づき、竜崎は視線を逸《そ》らした。こんなふうにふとした瞬間に己の中にある邪《よこしま》な感情に気づかされるのは、謙二朗がここに来てから数えきれないほどあった。

一回りも年下の男に何を骨抜きにされているんだと思い、はぁ、と溜《た》め息《いき》をつく。

「……なんだよ、その溜め息。俺に任せるの不安なのかよ？」

「ばぁ～か、違うよ」

「なんかいまいち俺のこと信用してねーんだよな、竜崎さんは」

「そんなことはない」

妙に鋭いところがあるかと思えば、ときどき見当違いのことを言う。色事に疎いのははじめからだったが、ここまでくると躰で教えてやろうかという気分になるから危険である。

「それよりさ、アンタもうそろそろ時間なんじゃないのか？」

「げ！」

時計を見ると、竜崎は慌ててソファーから立ち上がった。今日はこれから北海道へ飛ぶ予定なのである。

「おい、空港まで乗せてけ」

「なんだよ、人使い荒ぇな」

ぶつぶつ言いながらも、謙二朗は事務所の鍵《かぎ》を持って出る準備をする。裏の駐車場では、赤いCBR900RR《ファイヤーブレード》が従順な僕《しもべ》のように自分の主《あるじ》を待っていた。いつ見てもそのボディはピカピカに磨き上げられていて、どれだけ大事にされているのかひと目でわかる。

「間に合うか？」

「余裕だね」

ふん、と謙二朗が少し得意げに言うと、深紅の怪物はヴォン……ッ、と大きく吠《ほ》えた。

「二十分で運んでやるよ」

もう随分慣れたが、謙二朗のバイクの運転はすごい。テクニックを持っていないとできないことをいとも簡単にやってのけるのだ。いったん車の流れに乗ると、ジェットコースター以上のスリルを味わうことができる。

たとえ大型トレーラーが二台並走していてもその間を簡単にすり抜け、前に出るのだ。どんなに渋滞していようが邪魔な車は片っ端から追い抜き、一歩間違えば大事故に繋《つな》がるようなギリギリのところを行くのである。だが、天才というやつはその一歩を間違わない。

竜崎は振り落とされないよう、腰に腕を回した。

「おい！　そんなとこに腕回すなよ、エロジジィ。持つとこあんだろ！」

「俺は臆病《おくびょう》なんだよ。振り落とされちゃあ敵わんからな。男のくせに腰の一つや二つでピーピーわめくな。もしかして俺を意識してんじゃねぇだろうな」

「……っ、するか！」

謙二朗を黙らせるのには、こういう言い方が一番効く。竜崎はここぞとばかりに抱き心地《ごこち》のいい細腰に摑《つか》まった。いつも禁欲を強いられているのだ。このくらいしてもバチは当たらないだろう……。

そして次の瞬間、躰にぐんっ、とGがかかり、深紅の怪物は加速した。切れ味のいい乗りこなしに竜崎は思わずヒュウ、と口笛を吹きたくなる。誰も追いつけない速さというのは、気持ちがいい。

そして二人を乗せたCBR900RR《ファイヤーブレード》は、乾いた真冬の風すらも寄せつけぬ勢いで一気に空港へと向かった。


「それで、飛行機の時間には間に合ったんですか？」

カウンターの中で、橘《たちばな》がグラスを磨いていた。馴染みの店はいつもと変わらぬ顔で訪れる者を優しく迎える。北海道から戻ってきたその足で『J&B』に来た竜崎は、どっしりとしたオールドファッションド・グラスを手にゴッドマザーを味わっていた。

仕事帰りの一杯は、やはり旨《うま》い。

「ああ、余裕だったよ。やっぱりバイクがあると便利だな。しかもあいつは天才だ」

「へぇ。竜崎さんにそこまで言わせるなんて、オーナーの弟さんってすごいんですね。でも、竜崎さんも全国を飛び回って休む暇なんてないんじゃないですか？」

「それほどでもない」

言いながらもう一杯頼むと、新しいグラスが出てくる。謙二朗もだが、深見の大事な従業員も腕がいい。半分ほどそれを呑むと、竜崎は胃にじん、と染み込んでいくアルコールを心ゆくまで堪能《たんのう》した。

今回、北海道まで飛んだのは浮気調査のためだった。夫が頻繁に訪れる出張先に現地妻がいるのではと疑った奥さんからの依頼だった。結果はビンゴ。女の勘は侮れない。

だが、調査自体はそれほど大変ではなかった。海外に行くと人は開放的になるというが、男とは愚かな生き物で県境を越えただけでも気を緩めるのだ。今回の調査対象者《マルタイ》は浮気の基本、宿泊先に出入りする時は別行動というのをまったく無視し、いかにも恋人同士と言わんばかりの熱々ぶりを発揮しながら旅館の入口を潜《くぐ》るようなお粗末さだったのである。しかも、宿帳にはしっかり相手の住所氏名が記入してあり、調べる手間が随分と省けた。実際その住所を訪ねると、写真に撮った相手がちゃんと生活していたのだ。

相手の女性がそれを書いたのは、奥さんに自分の存在を知られてもいいと思っていたからだろう。これからが泥沼だ。相変わらず因果な商売だな、と思わずにはいられない。

「しかしお前、俺の弟をアシにしてるんじゃあないだろうなぁ」

いきなり深見が横から口を挟んできて、馬鹿兄ぶりを発揮し出した。

「あ？　俺が雇ってんだから仕事中はどう使おうが俺の勝手だろうが。なぁ、橘君。このブラコンになんとか言ってやってくれ」

「なんだと？」

「なーんだよ？」

いつものように二人は言い合いを始めるが、橘はただ笑っているだけである。

「ところで國武《こくぶ》さん遅いですねぇ。お仕事が長引いているんでしょうか」

橘が店の入口を見ると、竜崎は腕の時計で時間を確認した。今日は國武の昇進を祝うために店を臨時休業にして集まったのだった。課長になったのは半年以上も前だが、三人の時間が合わずにとうとう年を越してしまった。

「そういや謙二朗がうちに来た頃だったな。あいつが昇進したってのは」

「ああ、そうだったなぁ。で、どうだ？　謙二朗はちゃんとやってるのか？」

すぐに弟の話に持っていきたがる深見にいい加減呆れ果て、適当に相槌を打つ。

「ああ、心配するなって」

「妙な真似《まね》はしてないだろうな」

「なんだよ、妙な真似って……」

「不埒《ふらち》な真似はしてないかと聞いてるんだ」

「……」

覚えがないとは言えないだけに、一瞬返答に迷った。

不埒な真似。

不可抗力だったとは言え、アレを知ったらこの男はどう出るだろうかと思い、さすがの竜崎も思わず身震いをした。きっと、殺されるどころでは済まない。それこそ地獄の果てまで追いかけられる。

「どうした、竜崎？」

深見の問いかけに思わずピクリと反応し、冷や汗が出た。しかしちょうどその時、入口のドアが開いて戦友である最後の一人がやってきたのだ。内心焦っていた竜崎は『助かった』

とばかりに話題を変える。

「おー、やっと来たか。遅いぞ、國武」

「悪い悪い。仕事が長引いてな」

國武はそう言いながらコートを脱ぎ、竜崎の隣に座った。相変わらず身なりのきちっとした男だ。さぞかしOLの人気をかっさらっていることだろう……。

「どうだ？　課長ってのは気分いいか？」

「まさか。責任が重くなったぶん大変だよ。そういやお前、深見の弟を雇ったんだってな。もう人を雇えるようになったのか」

「おかげさまでな」

そう言うと、竜崎は深見に目配せをした。すると岩のような大男はニヤリと笑い、隣の橘に言う。

「おい、橘。アレを持ってきてくれ」

「かしこまりました」

さすがの橘も込み上げる笑いを堪えきれず、ニコニコと笑いながら奥へと消えた。それを見た國武は、この妙な雰囲気に自分の身に何かが起きようとしているのを察知したようだ。すかさず身構える。

「おい、お前らなんか企《たくら》んでないか？」

「い〜や〜」

「人聞きの悪い」

そう言いながらも、二人はニヤニヤと笑っていた。この時ばかりは、数多くの修羅場を潜ってきた竜崎も大学時代の若造に戻ってしまうのである。昔からよく、深見と二人でいろんな悪さをしてきた。三人の中で一番常識的な國武が、いつもターゲットになるのだ。

そして、橘が奥から戻ってきた途端。

「――っ！」

ギョッとした國武を見て、竜崎たちは二人して腹を抱えて笑い出した。

「なん……だ、これは」

「くっくっく……。見りゃあわかるだろ。ケーキだよ、ケーキ。お前の昇進を祝うためにケーキ買ってきたんだぞ」

「メッセージも入れてもらった」

「お前ら……俺に嫌がらせしてんな？」

「滅相もない。純粋《すき》に祝ってやろうと思ったんだよ。厚意を素直に受け取れんとは、人として最低だな。心が荒んでいる証拠だ」

「竜崎の言う通りだ。昔は頂上を目指してともに戦った仲だっていうのに、お前は友達甲斐《がい》のない奴だな」

口々にそんなことを言う二人を、國武は恨めしそうに見ている。

出てきたのは、クマさんとリスさんとうさぎさんのお人形が載ったメルヘンチックなケーキだった。スーツ姿の男がまるで小学生のお誕生日会の主役のごとく、それでお祝いをされるのである。これほど嫌なことはない。

しかも、橘がデジタルカメラを手に決定的瞬間を撮ろうと待ち構えているのだ。

「じゃあ、まずは火をつけたままで一枚撮りますね。ホラ、國武さん。笑ってください」

めずらしく、人のいい橘までもが悪のりしていた。何を隠そう、店の中で一番可愛《かわい》らしいケーキを選び『課長昇進おめでとう♡』とメッセージを入れるよう注文したのは、この男なのである。深見の頼みとは言え、さすがに橘も恥ずかしかったのだろう。

ここぞとばかりに憂さ晴らしである。

「ホラ、國武さん」

「橘君、せっかくだが……」

「ホラ笑って」

「いや、だから……その、なんだ」

「國武さん、いきますよー」

「……、――……」

「はい、チーズ」

カシャ。

こうして、いい歳したオヤジがケーキを前に引きつった笑みを漏らしている写真ができ上がる。もちろん、火を吹き消す瞬間を記念に残すのも忘れはしなかった。悪友二人ならまだ

課長昇進おめで

しも、橘にまで言われると、さすがの國武も断りきれなかったようである。

それから竜崎たちは、しばし仕事のことを忘れて呑んだ。古くからの友人と過ごす時間は何にも代え難く、専属のバーテンダーが加わればそれがさらに貴重なものになるのは言うまでもなかった。

束《つか》の間の休息――。

そして十一時を回る頃、竜崎は名残《なごり》惜しく感じながらもスツールから立ち上がった。

「じゃあ、俺は先に帰るな」

「なんだ。これから仕事か？」

「悪いなぁ、せっかくの昇進祝いなのに。ちょっとな、気になることがあって事務所に戻りたいんだよ」

そう言うと、國武はそれ以上引き止めようとはせず『帰れ帰れ』とぞんざいに手を振った。久し振りに集まったというのにあっさりとしたものだ。だが、それでいい。真の友人とはそういうものだ。

「じゃあな」

「おう」

「今日のことは忘れないぞ。覚えておけ」

その言葉にククク……、と喉を鳴らし、最後に軽く手を挙げ店を出た。キン、と冷えた外の空気に肩を竦め、通りに出てタクシーを拾い、すぐさま事務所に向かう。

実は、謙二朗のことが少し気になっていた。北海道にいる間は一日に一度は連絡を取り合うようにしていたので、留守の間に何があったかは把握している。変わったことと言えば、オリーヴがおたふく風邪《かぜ》で入院したということくらいだ。だが、謙二朗に託した仕事の内容が内容だっただけに、どうしても今日のうちに戻りたかったのだ。

タクシーは三十分ほどかけ、竜崎を事務所に運んだ。事務所のドアを開けると、そこはいつものように掃除が行き届いていて、なんとなく落ち着くような気がした。

（たった四日間の出張だぞ……）

竜崎は自分の変化が不思議でならなかった。

以前は、事務所に戻っても何も感じなかった。仕事をするために借りた場所という以外の意味はなかった。味気ない毎日。それが当たり前だった。それでいいと思っていた。

だが、今は謙二朗がいる。

自分以外の誰かがいるというだけの違いなのに、なぜかそれを手放したくないという強い思いが竜崎の中に芽生えてしまっているのだ。あのクソ生意気な若い男が、どれだけ自分の中で大きな存在となっているのか改めて思い知らされるようだった。

置かれていた報告書に目を通し、なんら問題ないことを確認する。そして、なんとはなしに奥の部屋を覗くと——、

「！」

てっきり誰もいないと思っていたのに、ソファーの上で謙二朗が毛布にくるまって眠って

いたのだ。横の屑籠《くずかご》の中にはコンビニのおにぎりの包みが放り込んである。

（こんなモン喰ってんのか）

さては給料全部バイクに注《つ》ぎ込んでやがるな……、と呆れ、自分も金がなかった頃は食費を削っていたことを思い出す。そして、熟睡している謙二朗に再び目をやった。

少しも起きる様子がないのに溜め息をつき、ずり落ちそうな毛布を引き上げてやる。

（あ～あ。ったく、風邪引くぞ）

竜崎は、ここまで深く寝入ることはない。眠っているつもりでも無意識に神経を張りつめているのか、誰かが近くに来ればすぐに目を醒《さ》ましてしまうのだ。だが、謙二朗はさすがにそこまでにはいたっていない。

相当疲れているのだろう。うっすらと口を開け、今にもくぴー、と音を出しそうな無邪気な顔をしていた。寝顔を眺めていると、その可愛さに思わず肩を上下させる。

（ガキみたいな面しやがって……）

この仕事を始めた頃、よく事務所に出入りしていたノラ猫が鼻から『ぴー』とか『ぷー』とか妙な音を出しながらソファーで寝ていたのを思い出したのだ。丸々と太ったブサイクな茶トラだった。いつの間にか姿を見せなくなったが、あいつは今どこで何をしているんだろうと懐かしくなる。そして、ふと誘われるように謙二朗の前髪に手を伸ばした。

（起きるなよ……）

罪の意識を覚えながらも、それでも触れずにはいられない。手触りのいい柔らかい髪の毛。

憎まれ口がポンポン飛び出す唇。寝ている時が一番平和な若い獣――。

認めてもらいたいがために、謙二朗はがんばりすぎるのだ。がんばりすぎて、くたくたになるまで自分を酷使する。実は、疲れきってここで眠り込んでいるのを見るのは今日が初めてではないのだ。自分のアパートに帰る気力さえなくて、ここに倒れ込んでいるのを見たことが何度もある。

そのひたむきさが、愛《いと》おしくてならない。

（あんまり根を詰めるなよ）

ふと笑みを漏らし、他の誰にも見せたことがないような優しい視線を注いだ。そして吸い寄せられるように唇を近づける。

いつもはタバコを咥えているかさついた唇が、閉じられた瞼《まぶた》に触れようとしている。

だが次の瞬間、竜崎は思いとどまった。無邪気な顔で眠る男の姿に、こんな汚れた自分が触れていいのかという気にさせられたのだ。そのままの体勢でしばらく葛藤《かっとう》を繰り返し、そしてゆっくりと躰を離す。

名残惜しそうに拳《こぶし》を軽く握ると、竜崎は『ガラでもない……』とばかりに舌打ちしてから、その部屋を後にした。

竜崎が北海道から戻ってきたその翌日。

謙二朗は、寒空の下で上着のポケットに手を入れたまま、調査対象者である尾道拓也の通う高校の近くで下校する生徒たちの姿を眺めていた。

ストレートのジーンズにスニーカー。黒のスカジャン。その背中には龍の刺繡《ししゅう》が施してあり、襟のところから覗く白くて細い首がその危うさをいっそう引き立てているようだった。不安定な少年の影を残す謙二朗は、下校途中の少年たちと比べてもさほど年齢差があるように思えない。

調査に取りかかってから、既に四日が過ぎていた。朝家を出てから学校へ行き、塾から自宅に戻る九時まで。ずっと張りついているが、これといって問題になるようなことはなかった。

母親が心配していたような苛めの事実は確認できなかったし、交友関係も洗ったがごく普通だった。だが、どこかに見落としがある気がしてならない。この仕事をすると言い出したのは謙二朗だったが、試されているような気がするのは否めなかった。竜崎が北海道にいる間、一日に一度は事務所に電話を入れてくるのも己の未熟さゆえという気がしてならないのだ。

竜崎は、自分をどう思っているんだろう。

ふと、そんな疑問が湧《わ》き上がる。

少しは頼りにしてくれているのか。まだ信頼されるに値しないのか。認められたいのに。

それは、常々思っていたことだった。

相棒とまではいかずとも、安心して留守を任せられるくらいにはなりたいのだ。

そして、事務所に来て間もない頃のことを思い出す。

「……、……」

謙二朗は無意識に眉間《みけん》に皺を寄せ、唇を噛《か》んでいた。伏し目がちの目許《めもと》が少しばかり赤く染まっている。お互い口には出さないが、一度、朝まで肌を重ねた。

蒸し暑い日が続いた時だった。

あの時の記憶は途切れ途切れで、しかも曖昧《あいまい》だ。覚えているのは竜崎の躰の硬さと、熱さ。注がれる吐息。そして――、

（くそ……）

自分ばかりがその記憶に翻弄《ほんろう》されている気がして、謙二朗はまた唇を噛んだ。竜崎をどう思っているのか、よくわからない。

男も女も関係ない節操ナシだと、兄から聞いていた。確かに、竜崎の留守中にゲイやオカマや水商売ふうの女性がよく事務所に現れる。一番強烈だったのは、『blue berry』の翔と名乗るゲイだった。

『へぇ〜。アンタが竜さんの可愛がってる愛人かぁ〜』

翔は謙二朗を見るなり、まるで品定めをするかのように頭のてっぺんから爪先《つまさき》まで眺めてから、そんなことを言い出したのである。

『ふぅ～ん、竜さんが好きそうだな。で、実際どうなの？　毎晩やってんだろ？　いいなぁ、竜さんのちんぽ独り占めかよ。腰大丈夫？　竜さんあっち強いからさぁ』

竜さん——その呼び方に、どのくらい親密な仲なのかというのがわかる気がした。そしてその予想通り、翔はすごい勢いでこれまでの行為を赤裸々に告白したのである。

『ねぇ、駅弁ファックやってもらった？　まだなんだったら今度やってもらいなよ。俺なんかもう、あそこがぐちゃぐちゃの濡《ぬ》れ濡《ぬ》れ。竜さんったら容赦なく突いてくるんだぜ。腰遣いすごいのなんのって。俺、気ィ失いそうになっちゃったよ。あ、それから竜さんってさ、SMっぽいプレイ好きだよね。俺さぁ、手錠と目隠しされてバイブで攻められたんだよなぁ。あれよかったなぁ。竜さんにならどんなひどいことされたっていいよぉ』

信じられないような言葉の羅列に驚き、謙二朗は一言も言葉を発することができなかった。頭の中が半分ショートしている。

しかし、ナニの大きさがどうの、テクがどうのと言われているうちに段々腹が立ってくるのだ。何股《なんまた》もかけられている竜崎の恋人たちは可哀相に思うのだが、さすがに翔に対してだけはそういう感情は湧かなかった。そして最後には『じゃあ、アンタもたっぷり可愛がってもらいなよ～』と陽気に手を振られ、ポツン、と一人取り残されたのである。

あの時の気持ちを思い出し、謙二朗はまた不機嫌に眉間に力を入れた。

（何が駅弁ファックだ、クソッタレ）

心の中でそう毒づく。

そしてその時、謙二朗は校門から出てきた集団の中に尾道の姿を見つけて我に返った。

（くそ、考え事してる場合かよ）

謙二朗はすぐさまその後を追い始めた。

高校生の一団はふざけ合いながらだらだらと歩き、ファミレスへと入っていった。塾が始まるまでの空き時間は、大体この店か駅前のハンバーガーショップで時間をつぶすことになっている。謙二朗も続けて店に入り、顔を覚えられないよう少年たちに背中を向けて隣の席に座った。

「なー、あと二週間で試験だぜ～」

いかにも高校生らしい話が聞こえてくる。

謙二朗はウエイトレスにコーヒーを頼み、タバコに火をつけた。後ろの集団はしばらく学年末試験の話をし、それに飽きるとファッションや音楽のことに移り、次に誰が誰と別れただのそんな話で盛り上がった。いつもの通り。それを十五分ほど聞かされる。

そして、尾道がトイレに立った時だった。

「なー、あいつ変わったよな」

一人の少年が、ふとそんなことを言い出したのである。

「そうだなー。変わった変わった。俺さー、あいつがいまだにお母さんと風呂《ふろ》入ってるっていう噂《うわさ》、信じてたもん」

「俺も。だって一年の進路指導の時すごかったじゃん。拓也ちゃん、なんつってさー」

「そうそう。あいつ前は暗かったし、マザコン説は昔っからだったモンな」

少年たちが口々にしているのは、かつて流れていた尾道に関する噂だった。それを聞きながら、そう噂されても仕方ないなと謙二朗は妙に納得する。

母親の息子への執着ぶりは、調査をしている過程でも十分にわかっていたのだ。報告書の提出を待てずに事務所に頻繁に電話をかけてきては様子を窺《うかが》おうとする母親。その問いつめるような口ぶり。竜崎が不在だったため謙二朗が電話の応対をしたのだが、なかなかの迫力だった。それを思い出し、無意識に表情を曇らせる。

だが、雄弁になり始めた友人たちを制した少年がいたのだ。

「もーお前らやめろって。それ悪口」

それを聞いた謙二朗はすぐさま手にすっぽり収まる鏡を取り出し、前髪を整えるような仕《し》種《ぐさ》でそれに映った後ろの様子を窺う。

今、尾道を庇《かば》うようなことを言ったのは斉藤《さいとう》要《かなめ》だった。

耳にはピアス、軽く脱色した髪の毛をワックスで無造作に立てているちょっとお洒落《しゃれ》な感じのする少年だ。体格もよく、スポーツも得意そうでモテそうなタイプではある。

(そういや、こいつよくツルんでんな)

四日間調査した限りでは、尾道と一番親しい友人だ。他の友人は尾道を名字で呼ぶが、この少年だけは下の名前で呼ぶ。

「あ、拓也。こいつらがお前の悪口言ってたぜ~?」

尾道が戻ってくると、斉藤という少年はすぐさま自分の友人たちが何を言っていたのか告げ口を始めた。

「げ。悪口じゃねーって！」

「悪口だったろー？　前は暗かったとか、かーちゃんがどうとかって」

「わ。ごめんって。でも昔そうだったって言ってただけでさー。あと噂とか」

「そうそう。今は違うし、変わったよなっていう話だよ」

友人たちは慌てて否定したが、尾道は大して気にもとめていない様子でサラリと流す。

「ああ。それなら俺も聞いたな。まだ一緒に風呂入ってるとかだろ？　まぁ、確かに俺暗かったし、変な噂されても仕方ないよな」

「つかお前が納得すんなって！」

「いでっ！」

斉藤が尾道の脇腹《わきばら》に空手チョップを喰らわせると、笑い声が店の中に響いた。どこでも見かける、ごく普通の高校生の集団。ごく当たり前の光景。

（小遣いの使い道か……）

苛めや恐喝ではなく、単に遅い親離れが始まっただけなのかもしれないとふと思った。友達とツルむようになればこういう店にも頻繁に来るようになるだろうし、小遣いをどう使ったかなんて自分で把握できなくなる。

だが、それだけだとしてもあの母親は納得するだろうか。そんな疑問が湧き上がり、にわかに尾道のことが哀れになってくる。

　自分と尾道をつい、重ねてしまうのだ。

（何考えてんだ……）

　謙二朗は、無意識に尾道へ共感めいたものを抱いてしまう自分を戒《いまし》めた。

　これは仕事だ。私情を抱くと客観的に観察する目を失ってしまう。危険だ。

　嫌な記憶を頭の隅に追いやり、軽く深呼吸する。そして、その時だった。

「なぁ、拓也」

　ふと、斉藤という少年が声をひそめて尾道に耳打ちしたのだ。背中合わせに座っているおかげで、内容はなんとか聞き取れる。

「試験明けの木曜、スタジオ取ってるからな。お前が練習に来るの一ヶ月ぶりなんだから、今度は上手く抜け出せよ」

（スタジオ……？）

　それは調査をしたこの四日間、一度も出てきたことのない単語だった。何事もなく、苛めの事実は確認できなかったという報告書を出して終わるのだと予想していただけに新たな展開が見えそうな気配に動揺する。

　そしてその時、謙二朗は自分がすでにこの少年に肩入れしてしまっていることに気づいたのだった。

今季一番の大雪が降った。

街路樹もビルの植え込みも白い化粧を施しており、アスファルトもタイヤの跡がわずかに黒く見えるだけである。だが、事務所の中は十分暖かく、その温度差で窓はうっすらと曇っている。外の寒さなんかどこへやらだ。

竜崎は、謙二朗と向かい合ってもつ鍋《なべ》をつついていた。

探偵という仕事は年中無休のサービス業のようなものなのだが、なぜか一年に二度ほど暇になる時期がある。バレンタインデーを過ぎた今が、そのうちの一つなのである。

竜崎はそれを利用し、オリーヴが入院して以来ロクなものを食べてなさそうな謙二朗のために、もつ鍋を作ってやったのだ。いつも生意気な謙二朗もこの時ばかりはおとなしく座り、はふはふとやっている。

(あ～あ。零すなって……)

猫舌の謙二朗は、アッアツのもつに悪戦苦闘していた。鍋から立ち上る湯気のせいか、ほっぺたを赤くしている。

「もつ入れてやろうか?」

「あ、うん」

「野菜は?」

「いる。ニラいっぱいくれ。あと豆腐も」

「ほれ」

おたまで掬《すく》ってやると椀《わん》を差し出してきて、またもぐもぐとやった。オリーヴの教育のおかげで、今や箸《はし》さばきだけはプロ級だ。少し骨ばった細い指は美しい。優雅ですらある。

だが、一心不乱にもつを口に運ぶ姿はどう見ても腹を空《す》かせた野良猫だ。今にも『うー』と唸《うな》り出しそうである。

「そういやオリーヴの具合はどうなんだ？」

「あ、もう退院した」

「そうなのか？　それにしちゃあ事務所に来ないな」

「ああ、俺が夜あっちに行ってんだ。朝から弁当持ってくるの大変だろ？　病み上がりだし、それに弁当だとオリーヴさんにばっか金払わせることになるしさ」

竜崎は思わず『聞いてないぞ』と視線を上げた。

「晩飯一緒に喰ってんのか？」

「たまにだよ。店を早く閉める時は携帯に電話くれるんだ。二十四時間営業のスーパーで買い物して帰るんだよ」

「ふーん」

携帯の番号も交換済みか……、と妙な嫉妬《しっと》心を抱いてしまう。

図体のデカいオカマと美少年のような見てくれの謙二朗が、同棲《どうせい》するカップルのごとく仲むつまじくスーパーで買い物をするのである。その微笑《ほほえ》ましい光景を想像し、オリーヴには敵わないと敗北感を味わう。

悔しいが、あのオカマにだけはどうしても勝てない。この獣を手懐《てなず》け、自分なしではいられないほどべたべたに甘やかしたいなんて妄想を抱いていたこともあったが、結局は全部オリーヴに持っていかれているのだ。深見の弟に手を出すわけにはいかないから、そうなってくれてありがたいと言えばそうなのだが、感情はまた別である。

くそう、オリーヴめ。

なぜ、張り合う相手がオカマなのか　自分の境遇が恨めしくてならない。

「……なんだよ？」

「なんでもない」

言いながら、竜崎は箸を口に運んだ。

脈なんぞこれっぽっちもない相手のためになぜ禁欲を続けているのか、自分でも不思議でならなかった。謙二朗が来てからというもの、ただの一度も他の誰ともセックスをしてないのだ。しかもこの生意気な男のためにもつ鍋なんぞ作っている。

我ながら尽くす男だよ……、としみじみと報われぬ恋を噛み締める。

「それより調査どうだ？」

「ん？　どうって？」

「進んでるのかって聞いてんだよ」

「……、うん。ちゃんとやってるよ」

「？」

竜崎はその反応を見逃さなかった。

一瞬。ほんの一瞬だが、返事に迷いがあったのだ。腹の中に何か抱え込んだような反応だ。そういうのは、わかる。

（謙二朗……？）

にわかに嫌な予感がして、さりげなくその表情を窺った。謙二朗は、真剣な表情で器に入ったとうがらしの欠片《かけら》をよけている。

「必要なら調査期間を延期してもいいって言われてるんだがな。どうだ？」

「んー、苛めの事実はないみたいだけど？」

「そうか」

「うん」

そう返事をすると、また箸を動かし始める。その様子をじっと見ていたが『んぐ、んぐ』とスープを旨そうに飲み干す姿を見ていると何も今ここでそんな話をしなくてもいいじゃないかという気分になり、竜崎はそれ以上追及するのをやめた。

「やーん。オリーヴも謙ちゃんとお鍋をはふはふしたかったのにぃ～」

メイド服を着たオリーヴの声が、店内に響いた。雪は降りやみ、交通機関は既に正常に動いていた。建物の横にかき集められた雪も汚れて黒くなっており、情緒もへったくれもない。

『スナック・九州男児《きゆうしゆうだんじ》』は、そんな薄汚れた街の片隅で日常に疲れた男たちに安らぎを与えている。今日も大繁盛だ。

「竜ちゃんったら、どうしてオリーヴも誘ってくれなかったの～ん」

「悪い、まだ入院してると思ってたな。今度はちゃんと誘うよ」

事務所でもつ鍋をした話を謙二朗から聞いていたオリーヴは、さっきから『謙ちゃんとはふはふ』を連呼している。両手を顔の前で組み、頬を染め、そして鼻の穴を膨らませているのだ。

「ところで風邪の方はいいのか？」

「うふふふ……。謙ちゃんがお見舞いに来てくれたからもう大丈夫」

そう言うと、別の客がカウンターに身を乗り出して目を輝かせた。

「ねぇねぇ、さっきから気になってたんだけど、もしかしてオリーヴママに恋人ぉ？」

「違うのぉ～。オリーヴの片思い。謙ちゃんっていうんだけど、可愛くって優しくって男らしくて……でもちょっと子供っぽくて」

オリーヴはそう言って『うふ』と肩をいからせた。そんな姿を見て思わずカワイイと思ってしまう自分はおかしいのかと思うのだが、それを言うならここにいる全員おかしいということになる。店の客は皆、この男性ホルモンの多いオカマに癒《いや》されにやってくるのだ。中には妻のいる自分の家に戻るより、ここに来た方が安らぐという男性もいる。

まったくもっておかしな世の中である。

「そんなに好きなら押し倒して奪えば？　ママ、そういうの得意だろ？」

「きゃ～～～っ、そんなぁ～～～っ。謙ちゃんのおちんちん見ちゃったらオリーヴ死んじゃうわ～～～っ。ダメよ、ダメェ～～～ッ」

「いいからやっちゃえ。だぁ～いじょうぶだって。オカマは思いきりが肝心だって」

「いやっ、ダメよ小倉《おぐら》さん、誘惑しないで。でも見たいわ。あ～ん、でもやっぱりダメ！謙ちゃんはオリーヴのアイドルなんだからぁ」

ダメと言いつつも大コーフンしているオリーヴを見て、みんな楽しそうに笑っていた。竜崎も相変わらずのオリーヴに、重い気持ちが少しだけ和らぐ気がする。

実は謙二朗の様子が変だということに気づいてから、仕事の片手間に軽く調べたのだ。それでわかったのは、あの依頼人が息子に抱く独占欲は普通じゃないということだった。子離れできずにパンツの色から歯磨きの仕方までいちいち口を出してくるような母親を持つ息子には、さすがに同情する。

竜崎ですらそうなのに、ましてや母親の呪縛《じゅばく》に苦しんだ謙二朗なら――――。

考えたくないことではあったが、このまま無視できるものでもなかった。グラスのバーボンを舐《な》め、名も知らぬ客と世間話をしながらその思いをじっと噛み締める。

そして、十一時を過ぎる頃、竜崎の隣で呑んでいた客が『お先に……』と竜崎の肩を叩くと、オリーヴはカウンターに残された食器を片づけながらさりげなくこう切り出した。

「ごめんなさいね、竜ちゃん。本当は何か話があったんでしょ？　今日はお客さんがいっぱいいたから」

「気づいてたのか」

「あら、オリーヴさんをみくびらないで。だって竜ちゃんとはつき合い長いもの」

BGMも落としてしまった店内は、お祭りの後のような寂しさが漂っていた。かりそめの時を楽しんだ後に来る、あのなんとも言えない感じ——。

それはまるで、竜崎が切り出そうとしている話をこの空間が知っているかのようだ。

片づけが終わると、オリーヴは竜崎の隣のスツールに腰を下ろしバーボンを作る。

「謙ちゃんのことでしょ？」

すでにわかっていたというような言い方にさすがの竜崎も『参ったな』と苦笑した。やはり、オリーヴは普通のオカマとは違う。

それなら話は早い。

竜崎は、なんの前置きもせずいきなり核心に触れた。

「なぁ、オリーヴ。謙二朗から仕事のことで何か聞いてないか？」

「何かって？」

「なんでもいいんだ。愚痴とか……。あと様子が変だと感じたことなかったか？」

オリーヴが謙二朗の過去を知らないだけに聞き方には細心の注意を払ったが、それすらもわかっているかのようにこう返してくる。

「謙ちゃんのことが心配なのね」

「まぁな。あいつはまだ不安定なところがある。感受性も人一倍強い」

「きっと子供の頃に他人との接触が極端に少なかったのね。そういう子って、大人になっても情緒不安定だったりするもの。謙ちゃんはそんな感じ」

「わかるのか？」

「う～ん、なんとなくだけど。子供っぽいところもあるもの。純粋って言うか……。アタシね、謙ちゃんといるとときどきお母さんになった気分になるのよ。本当は謙ちゃんのイイ人になりたいんだけど」

ほぅ、と溜め息交じりに視線を天井へやり、オリーヴは瞳《ひとみ》を潤ませた。それを見て、竜崎は口許を微《かす》かに緩める。

本当に、不思議なオカマだ。

「謙ちゃんは仕事の話はしないわ。竜ちゃんの助手になってまだ半年だけど、その辺はちゃ～んとプロよ。……でもね」

声のトーンが少し下がり、オリーヴは心配そうな顔をした。

「ときどきぼんやりしてる。考え込むの。ちょっと辛《つら》そうな顔して」

「辛そうな顔？」

「ええ。辛そうで、ものすごく思いつめたような顔よ。何かあったのかしら」

「そうか……」

それだけ聞けば十分だった。

残りのバーボンを流し込むと、竜崎はやおら立ち上がる。

「ありがとうオリーヴ。もう帰るから、今日もつけといてくれ。それから謙二朗には、俺が今日ここで聞いたことは内緒だぞ」

「わかってる。でも謙ちゃんはイイ子よ」

何かあっても怒らないであげてね……、と言いたげな表情に、自分も同じ気持ちなんだと改めて思った。だが、見逃すわけにはいかない。

「それは俺だって十分わかってる」

心配そうなオリーヴにそう言い残し、竜崎は店を出た。外は相変わらず寒くて、吐く息は白かった。ポケットからタバコを出し、立ち止まって火をつける。それを深く吸い込みながら自分の考えが気のせいであることを祈った。思いすごしであって欲しいと。

だがもし、謙二朗が少年の気持ちを思いやるばかりに真実を隠しているのであれば……。

ある種の覚悟のようなものをすると、竜崎はゆっくりと歩き出した。そして、その願いも虚《むな》しく懸念は最悪の形で現実となるのだ。

「謙二朗。これはどういうことだ？」

報告書の束を机の上に放り投げるようにすると、竜崎は自分の前に立っている謙二朗をじっと見上げた。

あの少年の素行を洗い直して五日。

謙二朗が何を隠しているのか、すぐに突き止めることができた。尾道は友人たちとバンドを組んでいたのだ。始めたのは三ヶ月ほど前。最初は人前で歌うなんてと嫌がっていたようだが、どうやら斉藤という少年が無理やり引きずり込んだらしいのだ。ライヴはまだしたことがなく、周囲にも内緒にしているようだが謙二朗が調べて気づかないはずはない。

これは、故意に報告書に書かなかったとしか思えないのだ。

「報告書に書かなかったことがあるだろう」

竜崎がそう言うと、謙二朗はバレることを覚悟していたかのような顔をしてみせる。

「だって……」

「だってなんだ？　正当な理由でもあるってのか？　えっ」

「あの母親、絶対おかしいぜ」

その表情には、不満がありありと浮かんでいた。まるで反抗期の少年のような表情。

「それに、苛めはなかっただろ。あの母親が心配してたのはそれじゃないか」

「依頼内容は息子の素行調査だ」

そう言うと、謙二朗は黙り込んだ。だが、何か言いたいことがあるのはわかっていた。それなら吐き出させてやれと、そのままじっと下から睨んで次の言葉を待つ。すると謙二朗は意を決したように視線を上げ、抱えていた本音をぶつけ出したのだ。

「じゃあ、アンタは平気なのか？」

「何がだ」

「だっておかしいだろ、息子の素行調査なんて。あんな母親の味方するつもりかよ？」

味方。

謙二朗の口から飛び出した子供じみた言葉に、竜崎は目を閉じ、息を深く吸い込んだ。

一番危惧《きぐ》していたことだった。依頼人や調査対象者に対する個人的干渉――。

ここまで感情移入してしまう前に、なぜ気づいてやれなかったんだと深く後悔した。

「味方もクソもあるか！　これは仕事なんだぞ！　何甘ったれたこと言ってやがんだ。お前はガキの遣いかっ？」

「……っ」

「俺らはな、報酬を貰って調査してるんだぞ！　依頼人から金を取ってるんだ。自分のしたことを恥ずかしいと思え！」

その言葉に、謙二朗は口を閉ざした。

何も言い返してこない。

当然だ。言い返せるはずがない。謙二朗も頭ではわかっているのだ。自分がしたことが、そして自分の主張がどんなに馬鹿げているか頭ではわかっている。だが、それでも不満をぶつけずにはいられないのだ。

それがわかるだけに竜崎も辛いのだが、覚悟を決め、落ち着いた口調で切り出す。

「一週間ここへは来るな」

「……っ」

「有給をやるから仕事はするな」

「ちょ……、なんでだよ……っ」

「今のお前にこの仕事を続ける資格はないと言ってるんだよ。一週間、自分がこれから私情を挟まずに仕事ができるか考えてこい。その自信がないならここを辞めて新しい仕事を探せ。わかったな」

まさかそんなことを言われるとは思っていなかったのだろう。謙二朗はすぐに帰ろうとはせず、戸惑《とまど》いながらただ突っ立っている。

だが、竜崎は容赦しない。

「ほら、帰れよ」

「……、……」

「帰れと言ってるんだ」

トドメを刺すかのように強い口調で言うと謙二朗は唇を噛んだまま視線を床にやり、そして事務所を出ていった。しばらくすると窓の下から聞き慣れたバイクの音が聞こえ、遠ざかる。その音が完全に消えると、竜崎は頭を抱えるようにし、深い溜め息を漏らした。

自分が甘かった。謙二朗がどんなに優秀でも、その心に巣くっている闇《やみ》はまだ深く、暗いのだ。それなのに、それを考慮せずに任せてしまった。浅はかだった。

(本当に、俺が迂闊《うかつ》だったよ……)

帰れと言った時に見せた捨てられた子供のような表情を思い出し、顔をしかめる。泣くのかと思った。

あんな顔をさせたのは、自分のせいだ。

謙二朗が自分を認めて欲しいと思っていることを日頃から痛いほど感じていた竜崎は、押し寄せる後悔の波にただただ自分を責めるだけだった。

事務所を出た後、謙二朗はバイクを思いきり走らせた。無茶な運転で自分の中にある苛立《いらだ》ちを抑え込もうとする。だが、いくら走ってもそれは一向に収まらず、イライラは募るばかりだ。エンジンの唸りも風の音も、謙二朗をこのなんとも形容し難い嫌な思いから解放してはくれない。

いつもなら、無心になれるのに。

そんなどうしようもない思いを抱えたまま、一時間ほど迷いのある走りで自分の大切なバイクに無理をさせる。そして気がつけば、オリーヴの店の前に来ていた。

（オリーヴさん……）

小さな路地には、うっすらと店の看板が灯《とも》っていた。

スナック・九州男児。

最初は変な名前だなと思ったが、今はそれを見ると懐かしい気さえしてくる。ドアを開けると、店は温かく謙二朗を迎えた。

「あら、謙ちゃんいらっしゃ〜い！」

振り返るなりオリーヴは顔をパッと明るくし、すぐさまカウンターから出てきた。その顔を見て、ようやく落ち着きを取り戻す。

今日はまだ客は入っておらず、BGMもまだだった。

「あら。寒かったでしょ。鼻の頭が赤いわ」

オリーヴはまるで母親が息子にするかのようにそっと肩に手を添え、謙二朗をボックス席へと案内した。

「謙ちゃんが来てくれたから、今日はお店開けるのやめちゃおうかしらん」

「え、ダメだよ。そんなの悪い」

「いいから座って。お腹《なか》空いてない？　ちょっと待ってて。今お料理持ってくるから」

そう言うとオリーヴは奥へと消え、いい匂《にお》いを漂わせながら戻ってくる。そしてテーブルの上に料理の器を並べると、隣に腰を下ろした。

「今日はね、ふろふき大根作ってみたの。お客さんのリクエストでね。で、こっちが筑前煮《ちくぜんに》。なんだか小料理屋みたいでしょ？」

「うん。でもいいの？　店開けなくて」

「ええ、いいのよ。謙ちゃんと二人でこうしていられるんだもの」

「ありがとう。いただきます」

箸を受け取ると、湯気を立てているふろふき大根に箸を入れた。柔らかく煮込んであるそれはきれいに二つに割れ、さらに箸で割って口に運ぶ。優しい味だった。

「美味《お》しい？」

「うん、美味しい。オリーヴさんほんとに料理上手いね」

「あら、嬉しい」

顔の前で手を合わせ、オリーヴはそっと身を寄せた。それを見る謙二朗の表情が、ふと柔らかくなる。

二人は、まるでおままごとをしているかのようだった。子供がお母さんの役を演じるように、男に生まれ落ちながらも男として生きていくことができないオリーヴは髭を剃《そ》り、厚化粧をし、フリルのついた洋服で着飾り、愛を囁《ささや》くのだ。そして謙二朗は、そんな偽りの塊のようなオリーヴから真の愛情を得る。

だが、半分ほど食べたところで箸が止まった。急に胸が詰まったようになり、もうそれ以上は一口も入らなくなるのだ。竜崎に怒鳴られたことや、尾道のこと、そしてオリーヴの変わらない優しさが胸を締めつける。

「どうしたの？　元気ないわね」

そう聞かれると、今まで柔らかだった表情がゆっくりと曇っていく。

「実は……仕事のことで失敗っていうか。竜崎さんに怒られた。俺が悪いんだけどさ」

軽く笑い、そしてついに箸を置いた。

「ねぇ、謙ちゃん。謙ちゃんはとてもよくやってるわ」

「……、……そんなこと、ないよ。だって俺、最低なことしたんだ」

「あら、そうなの？」

「うん。報告書に本当のこと書かなかった」

きっとオリーヴも呆れるだろうと思うのだが、優しく笑っているだけだ。

「……そう。それで怒られたの」

「うん。すげぇ怒ってたな」

「だから謙ちゃんは悲しそうにしてたのね」

その言葉に、初めて謙二朗は自分がそんな顔をしていたことを知った。

悲しそうな顔。

てっきり自分は苛ついているのだと思っていた。あんな依頼を平気で引き受ける竜崎に、怒っているのだと……。

「ねぇ。謙ちゃん。竜ちゃんには黙っててあげるから、泣いたっていいのよ」

「……、なんで……そんなこと」

「だって、悲しかったんでしょ？」

「……、……」

「オリーヴさんにはちゃ～んとお見通しなんだから、一人で我慢するなんてダメ」

オリーヴの手が伸びてきて、頰をそっと撫《な》でられる。そうされると今まで我慢していたものが溢れ出し、謙二朗は表情をくしゃ、と崩すと俯《うつむ》いてから自分の顔を手で覆った。

「……っ、オリーヴ、さ……っ」

躰を前に折ると、そっと背中に手を置かれる。そしてその温かい手のひらが、謙二朗を慰めようとするかのようにゆっくりと背中をさする。オリーヴの優しいスキンシップが謙二朗の心を解放させる。

そうだ。悲しかったのだ。

怒られた。役に立てなかった。最低のことをした。そしてきっと幻滅された。

認めて欲しかったのに。

それは、ずっと思っていたことだった。ちゃんと仕事のできる奴だと認めて欲しいと思っていた。だけど、自分はまだ中途半端で任せられた仕事一つロクにできないと証明させられたのと同じだった。

調査対象者にいちいち感情移入していては仕事にならないとわかっていたのに、自分をコントロールできなかったのだから。

それが、悔しくて、悲しい。

「だって……っ、書けなかったんだ。書かなきゃって……何度も、思ったのに……っ」

「そうだったの」

「だって、可哀相だろ。可哀相じゃないか。友達作って何が悪いんだよ……っ」

言いながら、自分が再びあの少年に同調していくのを感じていた。

竜崎に認められたいのに、尾道を哀れに思う気持ちはどうすることもできない。そして、事務所で言われた言葉を思い出す。

『今のお前にこの仕事を続ける資格はない』

その通りだ。自分で最低なことをしたとわかっているだけに、あの言葉がひどく謙二朗を傷つけていた。

この意地っ張りで生意気な男を、泣き崩れさせるほどに……。

「俺なんか……っ、使い物にならないよ」

「そんなことないわ。謙ちゃんはとてもよくやってるわよ。バイクの腕がいいって褒められてたじゃない」

「でも……っ」

ひぃっく、とひときわ大きく嗚咽《おえつ》を漏らし、謙二朗は震える声で訴える。

「オリーヴさ……っ。俺……もう、来なくていいって……、事務所、辞めたっていいって言われた。竜崎さんに……、もう、来なくていいって……っ。必要ないって……」

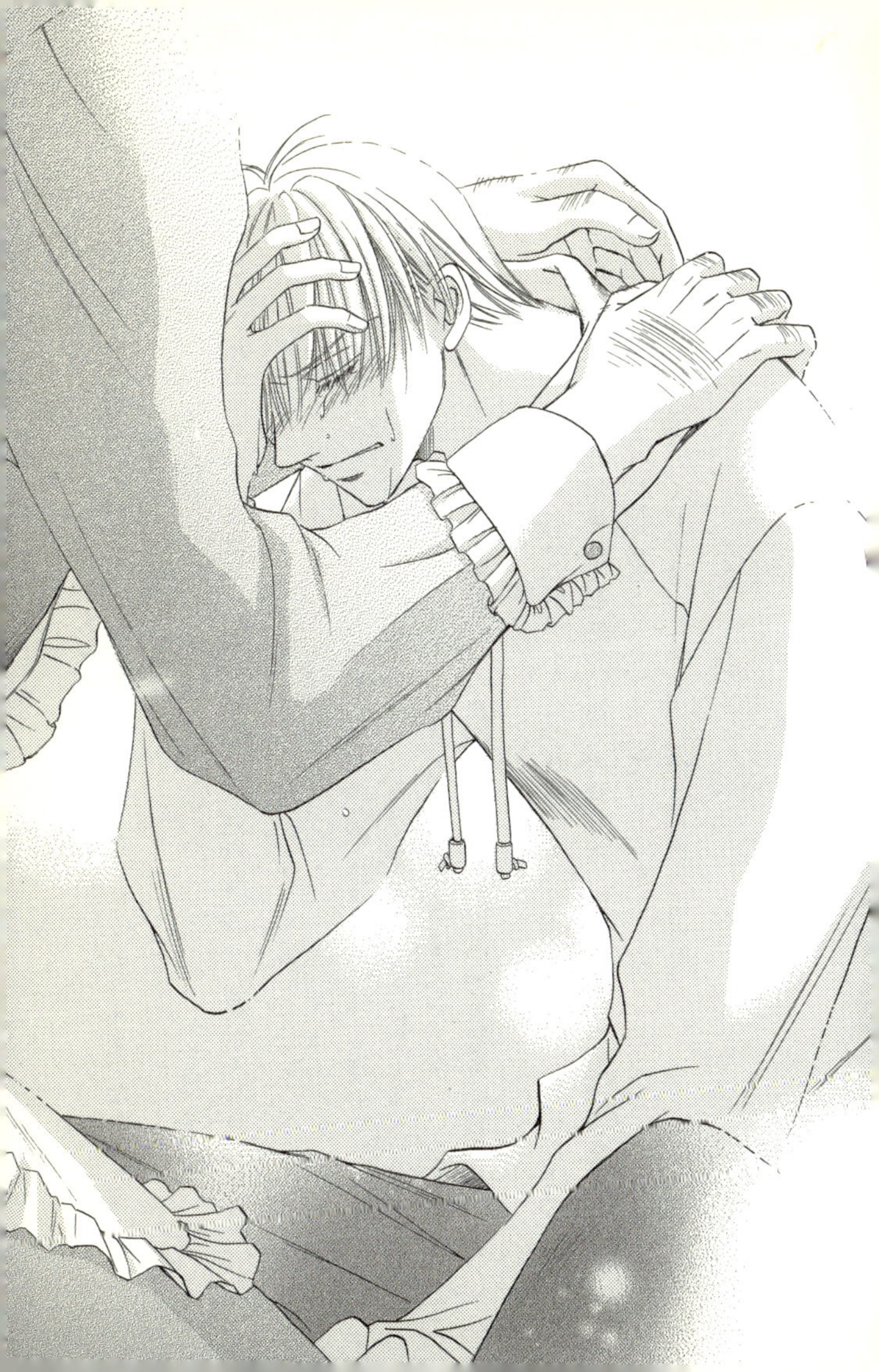

いったん自分の中で渦巻いているものを吐き出し始めると、もう止めようがなかった。ただただ悲しくて、たまらないのだ。

「俺なんか、いらないんだよ……っ」

「そんなことないわ。竜ちゃんは謙ちゃんを大事にしてるわよ。いつも謙ちゃんのこと心配してるのよ」

「そんなのっ、わかん……ねぇよっ」

「あらあら、そんなに泣いて……。ずっと我慢してたのね。ほら、いらっしゃい」

オリーヴに優しくされ、かえって涙が止まらなくなる。抱き寄せる腕は堅くてゴツゴツしているが、温かだった。ぎゅう、とされると不思議と素直に泣くことができた。いろんなものが混ざったぐちゃぐちゃの感情が津波のように襲ってきて、その中で無意識に思う。

お母さん。

まともな愛情を注がれなかった謙二朗がオリーヴの腕の中で漠然と感じていたものは、それだったのだろう。謙二朗は生まれて初めて、他人の胸の中で泣いたのだ。涙で顔をぐしゃぐしゃにしながら子供のように泣きじゃくり、そして自分を解放した。

その嗚咽は途切れることなく、誰もいない店内に静かに流れ続けた。

謙二朗に有給を与えてから、五日が過ぎていた。竜崎は、尾道の一番の友人で彼をバンドに誘った斉藤という少年を訪ねた。

デリバリー専門のピザ屋の前でバイトが終わる時間に待ち伏せし、裏口から出てきたところで声をかけ、捕まえたのだ。見知らぬ男が自分の名前を知っていることに最初は警戒していたものの、名刺を出すとすぐに喰いついた。

「マジ？　探偵なんですか？」

「まぁな」

「すっげカッコイイ。俺、本物初めて見た」

このノリは最近の若者の特徴なのだろうかと、竜崎は少しばかりやりにくそうな顔をしながらタバコに火をつける。

辺りはすっかり暗くなっており、コートの襟を立てて歩くサラリーマンが足早に二人の前を通り過ぎていった。風はないが、躰の芯《しん》まで来るような底冷えのする寒さだ。

「で、用事って何？　聞き込みみたいなやつ？　店長がバイトの奴と浮気してるって話なら加藤《かとう》さんに聞いた方がいいぜぇ〜。まだ店でピザ焼いてるから。あ、ここだけの話、店長の浮気相手も浮気してんだぜ」

聞きもしないことを次々と言われ、竜崎は呆れ返った。片手をポケットに突っ込み、フェンスに背中を預ける。

「そんなことを聞きにきたんじゃない」

言いながら、竜崎は尾道の母親に新たに報告書を提出した時のことを思い出していた。

『バンド？　まさかうちの拓也ちゃんがお友達とバンドを？』

わなわなと手を震わせながらそれに目を通す彼女の息子に対する執着ぶりは、竜崎ですらうんざりするほどだった。

それを思い出し、表情を曇らせる。

友人のために、あの母親を説得してみようかと思うだけの真面目《まじめ》さがこの少年にあるのだろうか——そんな思いが湧いてきて、さすがの竜崎にも迷いが生じる。

「尾道拓也のことだ」

「拓也のこと？」

斉藤はその言葉を繰り返すと、ようやく気づいたのか、竜崎の胸倉を摑んだ。

「もしかして、あいつのお袋さんにチクッたのって！」

「ああ、そういう依頼だったからな」

「ンだとぉ？　いけしゃあしゃあと言いやがって。よく俺の前に来られたな！」

さっきまでミーハー根性丸出しだったくせに、今はまるで親の敵《かたき》に向けるような目をしていた。竜崎は微動だにせず、咥えタバコのまま睨むが、少年も負けなかった。その鋭い視線に一瞬怯《ひる》んだものの、負けるモンかと自分を奮い立たせ必死で睨み返してくるのだ。

それだけの根性があれば十分だ。

「お前、俺に文句言う前にやることあるんじゃないのか？」

「何がだよ？」

「お前、あいつのお袋さんがどんなか知ってただろう？　見つかったらバンドも辞めさせられるって予想できただろうが。バレたら『はい、さようなら』か。安い関係だな」

「……、……」

離せ、と視線で威圧すると、斉藤は少し不満げな表情を残しながらも竜崎の胸倉からそっと手を離した。そしてポツリと呟く。

「なぁ、俺にも一本ちょうだい」

「ばぁ〜か。ガキが生意気言うな」

そう言うと、ムッとした顔で手を引っ込めた。恨めしげに睨んでくるのを無視して、竜崎は旨そうにタバコを灰にする。

生憎《あいにく》、味もよくわからないガキにくれてやるタバコは持ってない。

「で、お前はどうしたいんだ？」

「そりゃあ拓也と一緒にバンド続けたいよ。でもあいつのかーちゃんママゴンだからなぁ。メンバー全員の家に電話して『うちの拓也ちゃんを変なことに巻き込まないで！』ってすげー剣幕。他の奴なんて『やっぱり尾道をバンドに引きずり込むなんて無理』なんて諦《あきら》めモードに入るしよぉ。拓也は拓也で俺らに悪いと思ったんか知らねーけど、急によそよそしくなったし。もー、サイアク」

「そうか」

「でもさぁ、俺らまだ高一だぜ？　バンドくらいやったっていいじゃんなぁ？」

同意を求めてくる斉藤に『知るか』と冷たい態度を取る。

「それを俺に言うか……。どうせならあいつのお袋さんに言ってやれ」

「そうなんだよ。今からまた新しいメンバー探すのもな。やっぱりあいつの声いいし。うん、イイんだよなぁ。意外だったんだよ。灯台もと暗しっていうかさ。あいつのママゴンさえなんとかすりゃあ……」

斉藤は、腕組みをしたままぶつぶつとそんな独り言を漏らしていた。どうやらこの少年は、まだ尾道を諦めたくないらしい……。

だったら話は早い。

答えはもう見つかっているんだろう、と言ってやると、斉藤は意を決したように呟く。

「こうなったら俺一人でも話つけに行く」

「じゃあ『息子さんを俺たちのバンドにください』って言ってやれ」

「おー。言ったろーじゃん。俺がバンドのリーダーだしな。待ってろよ、拓也ぁ～」

斉藤はそう言うと、拳を握った。

これが青春か。

竜崎は、その単純さにぶるっと身を震わせた。こういうノリは痒《かゆ》くてたまらない。くしゃみが出る。斉藤がいつまでも仁王立ちしているので、一人メラメラと正義感を燃やす少年の腰をバン、と叩いて促してやる。

「ほら、じゃあさっそく行くぞ」

「おう！　で、車は？　当然乗ってきてんだろ？」

「今日は歩きだ」

「うげ、マジかよ〜。探偵ならメトロポリタンとか乗ってんじゃねーの？　せめてヴェスパとかさぁ」

「アホ。そりゃあテレビの見すぎだ」

歩きだとわかると、斉藤は心底不満そうな顔をし、ブツブツと文句を言った。そしてふと立ち止まり、怪訝《けげん》そうな顔をする。

「でもさ、なんでおじさんそこまでして俺らに協力すんの？　なんか怪しいぜ？」

軽いノリをしているわりには、なかなかしっかりしたところもある少年だ。

「俺とお前の利害が一致するってことだよ」

「え？　なんで？」

「調査したうちの大事な従業員が、お前の大事なメンバーに肩入れしちまったんだ」

「へぇ、そういうのってやっぱあるんだ？　そういやさ、赤いバイクに乗った奴が拓也と一緒にいるトコ見たんだけど」

「赤いバイク？」

「うん、学校の帰りにさ、後ろに乗っけて飛んでった。アレがそうなのか？」

それを聞き、竜崎は眉間に皺を寄せた。

（あいつ、何をしてるんだ……）

事務所に来るなと言ってから、一度も連絡を取っていない。その間、謙二朗が何をしているかなんて干渉しなかった。

自分も個人的感情で動いているのは同じだったが、果たしてあの真っすぐな男がどこまで冷静でいられるか。そう思うと、にわかに不安が込み上げてくる。

（あンの馬鹿が……）

竜崎は心の中でそう唱えると、少し歩調を早めた。

竜崎が寒さに耐えながら斉藤と駅までの道を歩いている頃、謙二朗もまた、尾道とともに冷たい空気に白い息を吐いていた。

竜崎に事務所に来るなと言われてからいろいろ考えたが、結局自分を抑えることができず尾道にコンタクトを取ったのだ。自分の正体をばらし、母親に依頼されて身辺を調べていたことを告げると、少年は妙に悟りきった顔をしてから納得した。交友関係までしっかり把握されていることを知っても、笑いこそすれ怒りはしなかった。諦めきったような笑みが印象的で、謙二朗はこの少年に自分がのめり込んでいくのを感じていた。

何もかもが、過去の自分と重なる。

それだけにこのまま尾道を放っておくことができず、今は相談相手のように話を聞いてやっていたのだ。

「もう、なんだか嫌になっちゃって……」

無理に笑いながら渡された熱い缶コーヒーを開けると、尾道はそれに口をつける。

「わかるよ。俺もお袋に束縛されてたから」

公園の中には二人以外誰の姿もなく、時が止まったかのように静まり返っていた。しんしんと冷え込んだ空気の中に街灯がポッンと立っており、その白い光が冷えた空気をことさら冷たく感じさせた。すっかり裸になったネコヤナギも、頑《かたく》なに押し黙って寒さに耐えている。

春はまだずっと先だ。

「でもよかったんですか？　俺に依頼内容までバラしちゃって。そういうのって守秘義務とかって、本当はダメなんでしょう？」

「ああ、クビだろうな。探偵失格」

「すみません。俺のために……」

「謝るなって。俺が勝手にやってるんだから。それになんていうか、償いっていうかさ。ホラ、俺が調査なんかしなけりゃあ拓也はバンドやってられたわけだし」

「でも、それは仕事だったわけだし……」

自分だって辛いだろうに、気を遣う尾道がいじらしい。もし自分に弟がいたらこんな感じなのだろうかと、なんとなく思った。

「もういいんだ。俺、もともと役に立ってなかったみたいだし、俺を雇ってくれた人にも愛想尽かされたしな……。それより拓也はバンドしたいんだろ？」

「うん。最初は人前でなんか歌えないって思ったけど、なんかこう……楽しいっていうか。歌ってて気持ちいいし、友達できたし」

どんなに我慢していても、好きなことをしたいと思う気持ちは抑えられないのだろう。それが痛いほど伝わってくる。

「頑張れよ。やりたいことやれって。お前の人生なんだからさ……」

「そうですよね。俺の人生なんですよね」

「今のままじゃあ、きっと大学に受かっても次は一流企業って、終わりがないぜ？」

その言葉に、尾道はゴクリと唾《つば》を呑んだ。

「でも、できるかな……」

自信なさげに表情を曇らせるのを見て、謙二朗はいたたまれない気持ちになる。

「すぐに変えようなんて思うなよ。少しずつでいいんだからさ。それよりさ、もう遅いし家まで送ろうか？」

「あ、はい。バイクの後ろって怖いけどなんか気持ちいいですよね」

「だろ？　じゃあホラ、乗れよ」

謙二朗は、この少年の心が少しでも晴れるならとヘルメットを投げて渡した。尾道が後ろに乗るとエンジンを吹かし、大きな通りに出ていつもより少しスピードを上げる。

『ぅわー』なんて楽しそうな悲鳴を聞きながら、ふとある思いに捕らわれていた。

また自分はこんなことをしている。

これが、竜崎への裏切りだというのはわかっていた。一週間考える猶予を与えられたのは、こんなことをするためではない。竜崎もまさか、自分がこんな馬鹿なことをしているとは思ってもいないだろう……。

事務所で働ける最後のチャンスだったと思うと胸が押しつぶされそうになるのだが、もうどうしようもない。

(ごめん、竜崎さん)

ある種の覚悟のようなものをし、ひとしきりバイクを走らせた。はじめは尾道のためにと思っていたが、いつの間にか自分を無にするためにアクセルを全開にしていた。

尾道の家の近くまで来るとスピードを落とし、家のすぐ前で降ろしてやる。

「ありがとう、深見さん。楽しかった」

「いつでも乗せてやるから元気出せよ」

「うん。それじゃあ」

さっきより明るい表情になった拓也を見て、謙二朗も少しだけ救われた気分になる。

しかし、その時だった。

「拓也ちゃん!」

「!」

息子が家に戻るのを待ち構えていたように、家の中から母親が出てきたのである。

「こんな時間まで何してたの！」

「……お母さん」

「まったく、最近のあなたはいったいどうしちゃったの！」

すごい剣幕だった。事務所に来た時のあの上品なイメージはどこにもない。

彼女は息子の素行調査を依頼した探偵社にいた男に気づいてギクリとなったが、すぐに気を取り直して息子の腕をむんずと摑んだ。

「とにかく入りなさい！」

尾道は反論しようとしたが、その剣幕に押されて言葉が出ないでいる。

自分と同じだ。

謙二朗は、そう強く感じた。

母親のヒステリックな声を聞くと、どうしても萎縮《いしゅく》してしまうのだ。小さな子供に戻ってしまう。それは、悪い仲間とツルむようになって喧嘩《けんか》慣れしても変わらなかった。母親がベッドに潜り込んできた時も、抵抗するどころか泣きながらその言いなりになった。

子供の頃から培われてきたものは、そう簡単に崩せるものではないのだ。急いでバイクから降り、二人を追う。

「ちょっと待ってください！」

「あなたどなた？」

振り返った婦人はキッ、と睨み、また息子の腕を引っ張り家の中へ入っていく。

謙二朗も続けて玄関に入った。

「あの……待ってください！」

「なんなんです？　ひとの家に勝手に入ってきて。警察を呼ぶわよ！　ホラ、拓也ちゃん。あなたはこっちでママの話を聞きなさい！」

彼女はそう言い残すとリビングのドアを開け、息子をその中へ押し入れるようにして自分も中へと消えた。最後に見たのは、助けを求めるような尾道の目――。

中から母親の説教が聞こえ始めると、謙二朗は上がり込んでいいものかと戸惑った。警察へ通報されれば、さすがに自分一人の責任では済まされない。きっと竜崎にも迷惑をかけてしまう。だが、このまま尾道を見捨てることなんてできない。

そして、そう決心した時だった。

『もう、やめてくれよっ！』

「！」

ガシャン、と食器が割れるような音がした。

『何が「あなたどなた」だよ。お母さん知ってるんだろ？　俺の素行調査……っ、頼んだんじゃないか！　俺が何も知らないとでも思ってるのっ？』

その声にただならぬものを感じ、靴を脱いで上がり込む。

そして、ドアを開けた瞬間。

「――っ！」

　謙二朗は、目の前の光景に息を呑んだ。

「おい、拓也。お前……何やってんだよ」

　シンクの前に立つ尾道の手には、小さめの出刃包丁が握られていた。

「もう……うんざりなんだよ。俺はお母さんの人形じゃないよ」

　思いつめた目をして母親にそれを向ける尾道の声は、可哀相なほどに震えていた。


　竜崎が尾道の自宅に着いたのは、午後十時を回った頃だった。見慣れたＣＢＲ９００ＲＲ《ファイヤーブレード》が門の前でじっと主人の帰りを待っているのを見て、斉藤がその側《そば》に駆け寄る。

「あ、これこれ。拓也を乗せてったバイク」

「何やってんだ、あの馬鹿は」

　竜崎は呆れたようにそう零すと、磨き上げられたバイクをそっと撫でた。エンジンはまだ少し暖かく、ここに来て時間がそう経《た》っていないのがわかる。

「やっぱおじさんトコの従業員？」

「まぁな。活《い》きがよすぎてな、すぐ突っ走りやがる」

　家の中から漏れてくる光と微かに漂ってくるビーフシチューのようないい匂いに、夕食にでも呼ばれているのかと思った。だが、チャイムを鳴らしても応答はない。

「いないのかなぁ」

「バイクがあるんだ。んなわけねーだろう。ってオイ。勝手に入るなよ」

そう言うが、斉藤は竜崎の声に耳を傾けず、勝手に門を潜って玄関の前まで行ってしまった。仕方なく追いかけると、斉藤は怪訝そうな顔で振り返る。

「なぁ。鍵開いてるぜ？」

なんとなく、嫌な予感がした。

「おい謙二朗。いるのか？」

玄関に靴があるのを見て、声をかけた。リビングの方に人の気配を感じ、もう一度名前を呼ぶ。そしてその時。

『お前なんか……っ！』

「！」

その声に二人は顔を見合わせた。

ただならぬ気配を感じ、竜崎は足音を忍ばせてゆっくりと中に入ろうとする。しかし『待て』と合図をしようとした瞬間、斉藤が飛び出してリビングのドアに手をかける。

「あ、馬鹿……っ」

手を伸ばしたが、バン、と派手な音を立ててドアが開いた。

「……っ！」

一番に目に飛び込んできたのは、包丁を持った尾道の姿だった。その刃は母親に向けられていて、謙二朗が二人の間に割って入るような格好になっている。

「拓也……。お前何やってんだよ？」

驚いた斉藤が声を発すると尾道は一度だけこちらを向き、そしてもう引っ込みがつかないというようにまた母親に視線をやった。

（最悪だな……）

竜崎の位置からは、どうにも手の出しようがなかった。距離がありすぎる。下手に刺激すれば逆効果だ。謙二朗もわかっているのか、『自分に任せろ』と目で合図してくる。

竜崎はこの状況を見守ることにした。

「おい、拓也。それを置け」

「嫌だ」

「そんなもので解決なんかしない」

謙二朗が手を伸ばすと、尾道は目に涙をいっぱいためたまま首を左右に振った。

「嫌だ。だって……こうでもしなきゃあ、わかんないんだよ」

「お前、人を刺すのがどういうことか、わかってるのか？」

言い聞かせるように静かに、そしてゆっくりとこう続ける。

「……残るぞ」

とても静かな声だった。

その表情にはある種の覚悟のようなものが浮かんでいて、竜崎を不安にさせた。何を言う気だ……、と息を殺してその続きをじっと待つ。やけに自分の鼓動が大きく聞こえ、緊張のせいか、手に汗が滲《にじ》んだ。

そして――、

「人を刺した感覚は、一生手に残るぞ」

その言葉に、竜崎は強く目を閉じた。

（――謙二朗）

尾道のためとはいえ、まだ治りきっていない傷口を開いて見せるような自虐的な行為に走るのだ。痛々しくてたまらない。

「おい、謙二朗。やめろ」

我慢できずにそう言ったが、その声は届いていなかった。ただ、尾道を救いたいという気持ちしかないのだ。

「俺は……自分の母親を刺したよ。もう四年以上も前だ。でも、まだ手が覚えてる」

「謙二朗、もういい！」

もう一度叫ぶが、それを無視して続ける。

「お前に想像できるか？　人を刺す時の感覚がどんなか。俺は今でも覚えてる。肉に刃が埋もれていくあの重くて嫌な感触がずっと手に残ってるんだ。お前にこんな気持ち、味わって欲しくないんだよ」

拓也、ともう一度下の名前を呼ぶと、尾道の目から、ついに涙が溢れ出した。

「拓也。お前、バンドしたいんだろう？」

「……っ」

「楽しいって言ってたじゃないか。友達ができて嬉しいって」

その言葉に正気を取り戻したのか、躰を折りながら『ぅう……っ』と小さく呻《うめ》く。

「ホラ、こっちによこせ」

謙二朗が手を伸ばすと、涙でぐしゃぐしゃになった顔を上げ、素直にそれを渡そうとする。

だが、ホッと安堵《あんど》した時だった。

「あ、あなたが拓也ちゃんをそそのかしてバンドなんかに誘ったから……こんなことになるんじゃないのっ！」

何を考えているのか、斉藤を見た母親がヒステリックにそう叫んだのである。

（——チッ！）

その瞬間、竜崎は足を踏み出していた。考えるより先に、躰が動く。

思いつめた尾道の目。きつく握り締められた拳。鈍く光る刃。

ひ……っ、と母親が息を呑むのと同時に竜崎は包丁を握った方の手首を掴み、躰をねじるようにして尾道を押さえ込んだ。

「——竜崎さん！」

謙二朗が自分を呼ぶ声が耳に飛び込んできた。脇腹の辺りに熱が走ったかと思うとゴトン、と質量のある音がし、竜崎の血を吸った出刃包丁が床に落ちた。フローリングの床にも、血が飛び散っている。

「あ、あ……」

尾道はゆっくりと後退《あとずさ》り、そして自分の手についた血を見て床にへたり込んだ。

ようやく正気に戻ったか……、と安堵して床にゆっくりとうずくまると、謙二朗がすぐに駆け寄ってくる。

「竜崎さん……っ」

傷口を押さえる手は、赤く染まっていた。生々しい臭気が漂い、竜崎は目眩《めまい》を覚える。

（あ、くそ……）

腰を抜かして動けない母親を庇おうとしたせいで、一瞬動作が遅れた。刃は、竜崎のジャケットごとその肉を切り裂いたのだ。

「……謙二朗っ、……寝室から、シーツを、持ってこい。タオルもだ」

「わかった」

謙二朗はそう言うと、すぐさま踵《きびす》を返した。そして、戻ってくるなり手早く応急処置を始める。どこでその知識を得たのか、言われなくとも手順は心得ているようだった。少しでも早く止血できるよう傷口にタオルをあてがうことも忘れてない。謙二朗がシーツを巻いている間、竜崎は呆然《ぼうぜん》と立ち尽くしている斉藤を見上げ、声をかける。

「おい、お前……」

「――え……っ」

「床の血を拭《ふ》いて……包丁を洗って、そして……、あの二人に茶でも淹《い》れてやれ」

「な、何悠長なこと言ってんだよ？　病院行かなくていいのかよ？　救急車……」

「大丈夫、だ。俺のことより、あの二人を心配しろ」

声を出すたび、呼吸が乱れる。謙二朗が手当をしながら『あんまりしゃべるな』と言うが、それを無視して続けた。

「いいから言う通りに、するんだ……っ。警察沙汰《ざた》に、したいのか……？」

その言葉に斉藤はゴクリ、と唾を呑み、真剣に耳を傾ける。

「お前、こいつの親父《おやじ》さんに連絡を取って、事情を話して、帰ってくるように言え。もし二人がまた錯乱したりして……、手に負えなくなったら、警察に助けを呼べ。でもそれは最後の手段だ。親父さんが戻るまで……お前が、二人を見てろ。わかったな」

そこまで言うともう一度大きく息をつき、最後に言う。

「……できるな？」

「あ、ああ……」

斉藤はそう答えると、緊張しきった顔で尾道親子を振り返った。

故意でなかったとはいえ、竜崎にケガをさせた尾道は放心したまま床に座り込んでいた。母親の方は、部屋の隅にうずくまって泣いているだけだ。いつ、また大きな混乱が戻ってくるかわからない。

わずか十六の少年にこの場を任せるのはさすがにどうかと思ったが、他に選ぶ道はなかった。二人のどちらかがまた騒ぎ出して手をつけられなくなったら警察沙汰、近所の住人がこの騒ぎに気づいて通報していたとしても完全にアウト――。

(頼んだぞ、クソガキ)

この最悪の状況を少年に預けることを決心し、謙二朗を呼ぶ。

「おい、事務所戻るぞ」

「竜崎さん」

「ほら。つべこべ言わずに連れてけ」

「……、……わかった」

竜崎の意図がわかったのか、謙二朗はそれ以上何も言おうとはしなかった。

その肩に掴まり、ゆっくりと立ち上がる。

小さく呻くと、謙二朗は少しでも竜崎の負担を軽くしようとしているのか抱きつくようにして躰を支えた。背中に腕を回しながら、ふと思う。

相変わらず細い。

謙二朗を抱いたのは半年以上も前だが、まるで昨日の夜のことのように思い出す。こんな状況で何を考えてるんだと思わず笑みが出るが、こんな時でもないとこの躰に触れられない。それでもこの男がいいと、思っているのだ。

百戦錬磨の節操ナシが聞いて呆れる。

いつの間にこんなに真面目になったんだと、自分でも可笑《おか》しくてならなかった。

(本当に厄介なモン背負い込んじまったな)

痛みに耐えながら、足を踏み出す。

「くそ、車に乗ってくりゃ……よかったな」

「俺が、ちゃんと運んでやるよ」

外に人影がないのを確認してから玄関を出ると、謙二朗は竜崎を先にバイクに跨《また》がらせてヘルメットを装着させた。そして先ほどの残りのシーツを外から見えないよう、上着の下に潜り込ませる。

「竜崎さん。次、俺が乗るからな」

そう言うと、倒れ込んでしまいそうな竜崎を気遣いながら、自分もそれに跨る。

「はぁ……っ、……っ、……ぐ」

目が霞《かす》んできた。ここで気を失うわけにはいかないと、意識をしっかり保つ。

「辛いなら掴まれよ」

「……悪ィな」

腰に腕を回すと、謙二朗はシーツを使い、震える手でなんとか竜崎を自分の躰に固定しようとしているのがわかった。この寒さで手がかじかんでいるのか、それともこの状況がそうさせるのか。

それがいじらしくて、自分は大丈夫だと伝えるためにわざとフザけた口調で言う。

「お前、イイ腰してんな」

竜崎は項垂《うなだ》れるようにして、謙二朗の肩に頭を載せた。

「なぁ、今度やらせろ」

「うるさい」

「抱かせろよ」

「少し黙ってろって、死にてぇのか」

「そんな口……、叩けないくらい、イイ思いさせてやる」

「もうしゃべるな！　頼むから……っ！」

竜崎のケガが楽観できる状態ではないとわかっているのか、必死でそう訴えてくる。

ヴォン……ッ、とエンジンが唸ると、その振動が傷口に響いた。謙二朗は竜崎に負担がかからないように、ゆっくりとバイクを発進させた。

（痛ゥ……ッ）

痛みは酷《ひど》かったが、ぎゅうぎゅうに締めつけているおかげでなんとか耐えられ、多少躰が左右に揺れても落ちることはなかった。謙二朗は停車する時の揺れからくる傷への負担を考え、できるだけ信号のない裏道を通り、人目のない通りを選んで走っている。

その細い背中に寄りかかったまま、竜崎はぼんやりと思った。

（ほんとにお前は……頼りになるよ）

事務所に着くと、ほとんど背負われるようにして奥の部屋まで運ばれ、ソファーの上に寝かされる。横になると、少し楽になった。

「大丈夫か?」

「……ああ。お前が傷口縫え。その棚の中に手術用の道具が入ってる」

「麻酔みたいなのは?」

「ンなお上品なモン……あるか。やり方は、俺が教える」

人の傷を縫ったことはあった。病院に連れていくわけにはいかず、事務所でやった。不法滞在していたブラジル人男性で、故郷に家族を十二人抱えていた。それを知っていた竜崎は、悪いことだとわかっていながら警察に通報される危険を避けたのだ。

謙二朗は、躰に巻いていたシーツをはぎ取り、ハサミでシャツを切り裂いた。傷口にあてがっていたタオルの血を見て、息を呑む。

「……っ」

「泣くな。しっかり縫えよ。大丈夫だ。血の気は多いんだ。見た目ほど、酷くはない」

ゴクリ、と唾を呑むと、謙二朗は竜崎の言う通りアルコールで自分の手と道具を全部消毒し、準備をする。

「できたぜ」

「じゃあ、まず全部の針に……糸を、通せ。面倒でも、一針ごと別々の糸で、縫って結ぶんだ。……わかるか?」

「……ああ。わかる」

「あとは、適当だ。とにかく……くっつきゃいいんだよ。ホラ、やれ」

そう言うと、謙二朗は容赦なく針を刺してくる。思いきりはいいようだ。

(う……っ)

奥歯を嚙み締め、それに耐えた。一針一針。気の遠くなるような時間だ。さすがの竜崎も、早く終わってくれと思わずにはいられない。

だが、半分ほど縫ったところで謙二朗はいったん手を止めたのである。

「……どうした?」

「ごめん。大丈夫」

さすがに人の躰を縫うなんて、気持ちいいものではないのだろう……。一度深呼吸して自分を落ち着かせてから、再び針を刺し始める。残りを縫い終えると溜め息を漏らした。

「終わったぜ」

「そうか。じゃあ……もう一度、傷口を消毒して、包帯を、巻け。それから……救急箱の中に……、化膿《かのう》止めの抗生物質が……」

「——わかった」

謙二朗はいったんその場を離れ、またすぐに戻ってきた。身を起こそうとすると、いきなり薬を口の中に押し込まれ、そして唇を重ねられる。

「——ん」

冷えた水が、躰に染み込んでいくようだった。謙二朗はもう一度ペットボトルに口をつけ、口移しで水を飲ませた。

「まだいるか？」

「いや、もういい」

竜崎は目を閉じた。あとは体力が回復するのを待つだけだ。傷口が段々と熱を持ち始めると、頭がぼんやりとしてきた。

一度、刑事時代に銃弾を三発浴び、死にかけたことがあった。あの時はちゃんと病院に搬送され、医師の手当を受けた。このケガも適切な治療を受ければ、大騒ぎするほどのものでもないだろう……。だが、いかんせん謙二朗の手縫いなのである。ちくちくと針と糸で縫ったのだ。あの、謙二朗が。

よくそんなことさせたなと、我ながら呆れて笑みが漏れた。医療に関する知識なんてこれっぽっちもないし、感染症など引き起こせば、死ぬことだってあるかもしれないというのに。

だが、運は悪い方ではない。

ふと気がつくと、謙二朗はソファーの横に跪《ひざまず》き、額の汗を拭《ぬぐ》っている。

「……なんて顔してんだ？」

「死ぬなよ、竜崎さん」

「……はっ。勝手に殺すな。大丈夫だよ」

「ごめ……、俺のせいで……っ。俺がまたあんな余計なこと、したから……っ」

「まったくだ。調査対象者に依頼内容バラしやがって……。しょうがない奴だ」

「俺、もう事務所……辞める。これ以上、アンタに迷惑かけられない……っ」

ひっく、と嗚咽を漏らすのが聞こえ、ぼんやりとそれに聞き入る。

(そんなにカワイイ面で泣くなよ……)

朦朧《もうろう》とする意識の中で感じるのは、死に対する恐怖ではなかった。なぜか、安堵に包まれている。

「……辞める必要はない」

「でも、竜崎さんだって……っ」

「馬鹿。あれは反省させるために言ったんだ。鵜《う》呑《の》みにするな。お前がいねぇと困るんだよ。……いいからほら、こっちに来い」

そう言うと、謙二朗は素直に身をすり寄せてきた。それはまるで、野生の獣が唯一心を許した相手にするような仕種だった。そっと手を伸ばし、小振りの頭を胸に抱く。

肩にかかる重みが心地いい……。

「……くそ、やりてぇな」

フザけた口調で言ったが、謙二朗は黙ったままだった。頭を肩のところに載せ、じっとしている。

「抱かせろ」

「うるせぇよ。できもしねーくせに。ンな躰でどうやるんだよ」

「……傷治ったら、ヤるからな」

「……」

「……泣いても許さねぇぞ」

「あんた……うるさいよ」

泣きながらも、その口調だけはいつもの通りだった。それが謙二朗らしい……。

「覚悟しとけよ、二度と、そんな生意気な口が叩けないよう、ひぃひぃ言わせてやる」

「やれるモンならやれよ……」

それがケガをした竜崎へのただの気休めのために言ったことなのか、本気で言ったことなのかはわからなかったが、もうそれだけで十分だった。

「もう少し、こっち来い」

「寒いのか？」

「少し、な」

そう言うと、謙二朗は『死なないでくれ』と縋《すが》るかのように身を寄せてきた。こんな時でもなければ、ここまで気持ちを晒《さら》したりはしないだろう。痛いほど伝わってくるその思いに、傷が癒《い》えるような気さえする。

「お前、いい匂いだな」

くん、と髪の毛の匂いを嗅《か》ぎ、手触りのいいそれを指で梳《す》く。ずっとこのまま抱いていたいと思った。

それから丸二日間、熱は竜崎の体力を奪い続けた。目を開けると必ずそこには謙二朗の姿があり、竜崎はそれを見て安堵するとまた眠りについた。その繰り返しだった。今が昼なのか夜なのかすらわからないまま、夢と現実を行き来するような時間が過ぎる。

そして三日目の朝。

竜崎は窓の外から聞こえる日常の雑音に目を醒まし、ふと顔を上げた。すると、看病で疲れた謙二朗がソファーの横に座り込んだまま眠っている。

ブラインドの間から微かに漏れてくる光に照らされたその寝顔を見て、天使が降りてきたのかと思った。そして、そんな自分に呆れた。天使どころか、生意気で凶暴で意地っ張りでとことん思い通りにならないというのに。

だが、そんな謙二朗を愛しいと思う。

(また死に損なったな)

ざまぁみろ……、と誰にともなく言うと、もう少しこのままでいようと、いつまでもその寝顔を眺めていたのだった。


二週間があっという間に過ぎた。

竜崎の傷は信じられない速さで回復し、多少引きつりはするものの、すっかりもとの生活に戻っていた。仕事の方はと言うと、比較的依頼が少ない時期だったため謙二朗が一人でさばいてくれた。だが、どこで聞きつけてきたのか。竜崎のセックスフレンドだった相手が入れ替わり立ち替わり事務所を訪れてきて、それはもう大変だった。しかも、ようやくその波が収まったかと思うと、今度は重箱を手にしたオリーヴの愛情攻撃だ。

今日も奥の部屋へと軟禁され、いたれり尽くせりである。

「ホラ、デザートまでちゃんと食べて。アタシが作ったゼリー、ビタミンたっぷりよ」

「おい、もう勘弁してくれ」

「ダ～メ。オリーヴがちゃんと食べさせてあげる。ホラ、あ～んして」

仕方なく、口を大きく開けて食べさせてもらい、その味を堪能する。オリーヴの料理は最高だが、まるで赤ちゃんのようにナプキンを胸のところにかけた格好で食べさせられるのは、さすがに男として恥ずかしい……。

「もう、みんな竜ちゃんが死んじゃったってびっくりしてたわよ～」

「お前が原因だろ、オリーヴ」

「だってぇ～ん。謙ちゃんから聞いてびっくりしちゃったんだモン。でもアタシは竜ちゃんが死んだとは言ってないわよ。いつの間にかそういうことになっちゃってたの」

くねくねと身を捩《よじ》らせながらオリーヴがまた『あ～ん』とゼリーを差し出すと、とにかく早く喰ってしまえと口を動かした。

全部食べ終わるとようやく解放してもらえたが、正直もう勘弁だ。

「ところで謙ちゃんと喧嘩でもした？」

竜崎の口の回りをナプキンで拭きながら、オリーヴが聞いてくる。

「なんだか二人ともよそよそしくない？　もしかして……」

そう言うと両手を頬へやり、目を輝かせて竜崎に詰め寄った。

「とうとう襲ったのね！　そうでしょ？　そうなんでしょうっ！」

「！」

「そんな傷でっ。ンまぁ～竜ちゃんったらエッチ～。それでどうなのっ！　どうだったのっ！　謙ちゃんはどうだったのっ！」

その勢いに思わず後退りするが、そうするとますます詰め寄ってくる。そして、オリーヴに押し倒されたような格好になった。

「おいおい、勝手に想像するなよ」

「あら、違うの？」

つまらなさそうに言われ、このオカマはいったい何を期待しているのだろうかと呆れる。

そしてその時、ドアが開き、謙二朗が顔を覗かせた。

（……げ）

いかにもな状態に、奥さんに浮気を見つかった亭主のように思わず慌てて身を起こす。

だが謙二朗は、眉《まゆ》一つ動かさないのだ。

「竜崎さん、お客さん。拓也の親父さんだってさ」

そのあっさりとした態度が、微妙に男心を傷つけた。

（くそう、平気なのか……）

そんな不満を漏らしながらソファーから立ち上がると、思い出したように竜崎はオリーヴを振り返る。

「お前はおとなしくここで待ってろよ」

「はぁ〜い」

返事だけはいい。

まったく……、と頭を抱えながら部屋を出ると、来客用のソファーに尾道とスーツ姿の男性が座っていた。男性は竜崎が奥の部屋から出てくるとすぐさま立ち上がり、名刺を渡してから深々と頭をさげた。

「このたびは、息子が大変申し訳ないことをしました。早くこちらにもお詫《わ》びに伺わなければと思っていたのですが、何しろ妻がああいう状態でして……」

「本当にすみませんでした。謝って済むことじゃないけど、俺、本当に反省してます。すごく大変なことをしてしまったんだって」

息子の方も同じように、自分のしたことを深く詫びる。可哀相になるくらい何度も頭をさげるので、竜崎は『ケガは大したことない』と言って慰めた。そして茶を出しにきた謙二朗を自分の隣に座らせ、話を聞く。

「どうやら落ち着いたようですね」

「ええ、おかげさまでなんとか。妻もようやく自分を省みることができるようになりましたし、拓也にも斉藤君といういいお友達がいるようで……」

氏はそう言いながら、隣に座る息子を見た。

「お恥ずかしい話ですが、妻が拓也に異常なまでにべったりなのはわたしも日頃から強く感じておりました。妻は気が強いところがありましてね、わたしの母や妹との折り合いがあまりよくなかったんです。大学を出ていないことをいろいろと言われたこともあったようで……拓也をいい大学へと思うのは当然のことだったんです。わたしがもっと家庭を省みていれば、こんなことには……」

「今からでも遅くはないですよ」

竜崎がそう言うと、氏はありがたい言葉だと言わんばかりに何度も頷《うなず》く。

「拓也、お前の方は大丈夫なのか？」

「うん、大丈夫。でも深見さんの言った通り、あの時の感触が残ってる気がするんだ。せっかく忠告してくれたのに……」

尾道は、自分の手を見ながら静かにそう切り出した。

「俺、自分がなんであんなことしたのかよくわからないんだ。でもこの感覚って忘れちゃいけない気がする。自分がしたことを忘れるなってことなんだって。そして二度とこんな間違いをしないようにする」

「うん、そうだな。お前ならちゃんとやれるよ。辛くなったら俺んトコ来ていいから」

「ありがとう」

顔を見合わせる二人を見て、竜崎はこの少年はもう大丈夫だと確信した。謙二朗がしたことは、無駄ではなかったのだ。

一人で突っ走ったことは探偵として失格だが、人としてはそうでもない。

「それで、大変失礼かとは思ったのですが」

「……？」

「こんなもので解決できるとは思いませんが、せめて気持ちだけでも受け取って頂けると…。病院にも行かずにご自分で治療なさったのなら、いろいろ大変だったでしょうし」

竜崎はゆっくりとソファーの背もたれから躰を離し、差し出された風呂敷包みの中を見た。中身は札束だった。

ひぃ、ふぅ、みぃ、と数えて『すげぇな』と感心する。この貧乏事務所にはなかなかの大金だ。だが、竜崎はそれをそのまま押し返し、怪訝そうな顔をする氏にこう言った。

「まぁ、正直言うと欲しくないわけではないんです。この通りの貧乏事務所ですしね」

「でしたら……」

「金を受け取ったら意味がなくなることだってあるんですよ、尾道さん。自分の意思でやったことに金を払ってもらうわけにはいきません。ですから、俺の気が変わらないうちにしまってください。でないと男として格好がつかなくなる」

竜崎が言わんとすることがわかったのか、氏は深々と頭をさげ、風呂敷を鞄《かばん》の中に戻した。

そしてソファーから立ち上がると、最後にもう一度息子とともに頭をさげてから事務所を後にする。

　二人を見送って戻ると、奥の部屋にいたオリーヴが興味深そうな顔を覗かせ、こう聞いてきた。

「ねぇ、いくらだったの〜？」

「！」

「ふ〜ん、あれが謙ちゃんが可愛がってたっていう男の子？　ちらっと見たけど、なかなかの美形じゃない」

　うふ、と言いながら寄ってくるオリーヴを、竜崎は呆れたように見下ろした。

「お前、覗いてたな」

「だってぇ〜ん。アタシみたいに夜の生活してると、ぴちぴちの高校生なんて拝めないんだから。あ。でも本命は謙ちゃんだけよ」

　そう言いながら横から謙二朗にぎゅっ、と抱きついて甘えてみせる。いつ見ても、特別扱いされていて羨《うらや》ましい限りだ。自分があんなことをしたら、間違いなく蹴《け》りか拳だ。

　そして、竜崎が自分にそんな恨めしげな思いを抱いているなんて知りもしないオリーヴは、壁の時計を見ると跳ねるように謙二朗から躰を離した。

「あらやだ！　もうこんな時間。お店開ける準備しなくちゃ！」

「今日は休みじゃなかったのか？」

「違うわよん。しっかり稼がなきゃ。じゃあまたね謙ちゃん。竜ちゃんもお大事にぃ〜」

最後に投げキッスを送ると、慌ただしく事務所を出ていった。どかどかと地響きがしそうなほどの足音がし、ゆっくりと遠ざかる。

二人になると、急に静かになった。

「あいつも相変わらずだなぁ」

「……ああ」

謙二朗は湯飲みを片づけていた。しゃべりかけても素っ気ない反応しか返ってこない。

この二週間、ずっとそうだった。何を言っても視線を逸らすのだ。それがまた、逆に初々しくてたまらない。必死で普通を装おうとするのだが、そうすればするほどボロが出る。もうバレバレだ。

「あのガキももう大丈夫そうだな」

「ああ、そうだな」

「なぁ、謙二朗」

「なんだよ？」

「人の腹ァ縫うのは初めてだったのか？」

そう聞くと、あの夜のことを思い出したのか、バツの悪そうな顔をする。そして竜崎の横をすり抜けると、放り出してあった新聞をさも忙しそうに片づけるのだ。

「当たり前だ。アンタみたいな野蛮人、そういるわきゃねーだろ」

いつものような憎たらしい口の利き方だ。だが、視線は相変わらず逃げ回っている。決してこちらを向こうとはしない。

伏し目がちな謙二朗を上から見ていると睫毛《まつげ》の長さが際立ち、妙に色っぽく感じた。まるで襲ってくださいと言われているようだ。

じっと見ているとその視線に耐えられなくなったのか、謙二朗は不機嫌そうに言い放つ。

「……何ジロジロ見てんだよ？」

「いつもあんなだとカワイイんだがな」

意地悪を言うと『馬鹿じゃねぇの？』とポツリと言い、また背中を向けた。

その態度が竜崎をさらに調子づかせる。

「日頃から素直になりゃあいいのに」

「……」

「口移しで水飲ませるなんていじらしい真似しやがるし。死ぬなよって言って縋りついてたのは、どこのどいつだったっけなぁ」

「……っ」

謙二朗は一度反論しようとする素振りを見せたが、思いとどまって背中を向けた。

あと少し。

意地でも自分の目を見ようとしない謙二朗に、竜崎はダメ押しの言葉をかける。

「あんなふうにめそめそ泣くなんてな」

「……っ、誰がめそめそ……っ！」

我慢できずに言い返し、次の瞬間『しまった』という顔をした。

(俺の勝ちだ、謙二朗)

心の中で小さく勝利宣言をすると、竜崎は自分を睨む男に詰め寄った。

「俺が死ぬかと思ったのか?」

「……っ」

「だから泣いたのか?」

そう聞くと、慌てて視線を逸らして一歩さがる。だがもう遅い。今さら『待った』なんて聞いてやれない。一瞬、岩のような親友の顔が脳裏をよぎったが、それすらも竜崎を押しとどめることはできなかった。

(約束なんぞ知るか。お前は引っ込んでろ)

そんな言葉で片づけると、竜崎は謙二朗をじりじりと追いつめていく。

「心配で泣いたんだろう?」

え、どうなんだ……、と言うと、ほとんど聞き取れないくらいの声が返ってきた。

「……、……かよ」

「なんだ? 聞こえないぞ」

「そうだよっ、心配して悪ィかよ!」

悔しそうに唇を噛みながら、謙二朗はやっとそれだけ白状した。まるで好きな相手に告白でもしたかのように、目許をほんのり染めているのだ。百戦錬磨の竜崎だったが、こんな反応は久しく見ていない。

「ほら。もう後がないぞ」

「！」

背中が壁に当たると、謙二朗はゴクリと唾を呑んだ。竜崎はその両手を壁につき、逃げ場を奪うとすぐ上から見下ろしてやる。

「おい、もう俺は我慢の限界なんだよ」

「……な、何が？」

「あの時の台詞、覚えてるか？」

「……、……なんのことだよ？」

「嘘つけ。覚えてるだろうが」

頑なに視線を合わせようとしない男の顔をすぐ近くから見つめてやり、その表情をじっと窺った。まるでキスの一つすらしたことがないような反応に、何もかも奪いたくなる。

「ヤるぞ……」

ゆっくりと耳元に口を近づけて言うと、謙二朗は肩を竦めて『ぅ……』と小さく呻き、必死で竜崎の気を逸らそうと言葉を発した。

「傷、開くぜ。せっかく塞《ふさ》がったのに……」

「じゃあ、お前が上に乗るか？」

言いながら耳をねっとりと舐めてやると、ビクリと躰に緊張が走った。逃げることすらできず、ガチガチに堅くなっているのだ。

それがたまらなく愛しい。この手の中で可愛がってやりたい。すべてを奪いたい。

「そ、そんなにやりたきゃあ……翔って奴とやってやりゃあいいだろ」

「あ？」

「弘君って奴もいるじゃねぇか。裕樹《ひろき》って奴も加奈《かな》って女も、久美子《くみこ》も隆史《たかし》も……みんな、あんたとやりたがってたぜ？」

次々と覚えのある名前を並べられ、竜崎は一瞬目を丸くした。そして『そういうことか……』とニヤリと笑う。

そうだ。謙二朗と出会う前までは、人としてどうかと思うようなことばかりしてきた。行きずりの男を捕まえてヤッたこともあるし、過激なプレイに走ることも少なくなかった。我ながら最低だったと思うのだが、誰にだって過去はある。

竜崎はそれらをもう、過去にしてしまっていた。

「妬《や》いてんのか？」

「ンなわけ……」

「昔のことだ」

「……」

「お前がここに来てから、あいつらとは一度もやってない」

「……嘘つけ」

「本当だ。じゃあ、俺の躰を調べてみるか？　隅々まで調べさせてやるぞ、ほら」

ぐぃ、と股間《こかん》を押しつけると、謙二朗は顔をかぁぁ……っ、と赤くした。すぐ近くからその表情を眺め、ニヤリと笑う。

「触ってみろ。もう半年以上禁欲してんだ。わかるだろ？」

「は、離せ……っ」

「お前だってガチガチじゃねぇか」

「ア、アンタが触るからだっ」

「人のせいにするな。触る前から勃《た》ってたぞ。耳が感じたのか？」

「――っ！」

またた。どうしてこう、自分が悦《よろこ》ぶような顔をするのだろうか。そんなふうに思いながら、竜崎はその思いを言葉にする。

「お前が可愛いんだ。大事にしたい。……好きなんだよ」

「……っ」

「好きな奴に欲情してどこが悪い」

「離せよ……っ」

「頼むよ。もう限界なんだ、謙二朗」

そう言うと、答えを待たずに唇を重ねた。

「――ぅん……っ」

血色のいい唇はしっとりとして柔らかく、そして舌を絡め取るとほんのりとオレンジの香りがした。さてはこいつもオリーヴの手作りゼリー喰ったな……、なんて思いながらさらに深く口づける。

「ぁ……、……ん、……ふ」

生意気なことばかり言うが、こういう行為にはなかなか慣れないようだった。男同士ということ以前の問題だ。そんな謙二朗の頑なな心を溶かすように、下唇をついばみ、丁寧に愛《あい》撫《ぶ》してやる。

優しく、強く、そして何度も。

唇の隙間《すきま》から漏れる声が甘く切なげになってくると、ファスナーを下ろして直接触れてやった。そこはすでに濡れそぼっている。

「ちゃんと反応してるじゃねぇか」

「！」

「キスだけでこんなにしたのか？」

「言う、な……っ」

「カワイイ顔しやがって」

そう言うといきなり腕を引き寄せ、机の上の邪魔な書類を全部床にぶちまけてから謙二朗をそこに押し倒した。

「……っ！」

「もう逃がさねぇぞ」

「離……っ――ぅん……っ、ん、んっ」

押さえつけたまま、再びキスをする。唇から顎《あご》へ。そして喉笛に軽く噛みついた。

掠《かす》れ声を上げながらなんとか逃れようと顔を背けると、今度は耳朶《みみたぶ》を舐め、逃げ場などないことを躰で教えてやる。

「どうだ？　イイか？」

「ぅ……っ」

「え？　どうなんだ？」

「あ……っ」

どう言葉で否定しても隠し果《おお》せないというのに、謙二朗は本音を決して見せようとはしなかった。だが、それでも構わないとポケットから軟膏《なんこう》の入ったチューブを取り出す。

「……っ！　な、なんだよ、それ……っ！」

「塗らねぇと辛いぞ」

「最初から……っ、そのつもりだったな！」

「当たり前だ」

平然と言ってのけると『信じられない』とばかりに必死で抵抗してくる。

「さっき、大事にしたいって……っ」

「ああ、大事に抱いてやるよ」

抵抗する手を無視してその蓋《ふた》を開け、軟膏を指に取った。そして空いた左の手で少し乱暴な仕種で下着ごとジーンズを膝《ひざ》まで下ろし、まず入口に塗りたくる。

ぬるりとした感触が気持ち悪かったのか、そこはひくりとなった。

「ほら、息を吐け」

「ぁう……っ！」

指を埋め込むと、辛そうに息を詰まらせた。

そこはきつく締まっていたが、軟膏をたっぷりと塗っているため謙二朗の抵抗も虚しく指は容赦なくその中に侵入していった。一度指のつけ根まで咥えさせ、それをまた引き抜いてそこを丹念にほぐしてやる。

「どうだ？」

「サ、サイアク……ッ、……んぁ！」

この減らず口が……、と前立腺《ぜんりつせん》を刺激してやると、すぐにおとなしくなった。声を漏らすまいとする姿に猷じみた衝動を叩き起こされ、竜崎はわざとゆっくりと擦《こす》ってやる。

指を増やすと息を詰まらせるが、そこに苦痛はなさそうだ。徐々に色づいていく謙二朗の姿は、数多くの経験を重ねた男すらも虜《とりこ》にしてしまう。

「んぁ……っ、はっ、……ぁ」

「ほら、言えよ。イイって。たまらないって。もっとしてって、啼《な》いてみろ」

眉をひそめて耐える表情をわざと上からじっと眺め、竜崎は催促する。

「ホラ、言え」

その艶《なま》めかしい姿にチロリと唇を舐め、愉《たの》しそうに謙二朗の躰を拓《ひら》いていった。

旨そうだ。

自分がそう言いたげな顔をしているなんて、竜崎は気づいているだろうか。まだ挿《い》れてすらいないのに、言葉では形容し難い悦びに襲われる。この生意気な男をまたこうして抱けるのだ。よく今まで我慢したなと、今さらながら感心した。

この半年間、毎日のように謙二朗と顔をつき合わせてきたというのに。

「強情な奴だな」

それから竜崎は、脱がせかけていたジーンズを全部はぎ取った。蛍光灯の下に晒された象《ぞう》牙《げ》色の肌は目眩を起こしそうなほど色っぽく、無意識に指を喰い込ませる。

乱れたシャツと靴下だけという格好がこの行為をことさら浅ましく感じさせ、竜崎は湧き上がる衝動を抑えきれずに性急な仕種で自分のズボンのファスナーを下ろした。

「挿れるぞ」

言うなり、屹立《きつりつ》をあてがう。

「——んぁっ、あっ！」

「力を入れるな。抜け」

「む……無理だよ……っ」

「ンなわけあるか。前ん時はちゃんと咥えただろうが」

意地悪な笑みを漏らしながらその表情を上から眺め、獣が獲物の喉笛に牙《きば》を立てるかのように容赦なくそれを埋め込んでいく。

「はぁ……っ、あ、あ、——ぁあ……っ！」

いきなり根本まで深く収めると、謙二朗は声を掠れさせ、苦しげに喘《あえ》いだ。自分の中に侵入してきたものの太さに翻弄され、切れ切れの声を漏らしながら涙を浮かべている。

膝が震えていた。

「謙二朗……」

竜崎はわずかに身じろぎをしただけでも甘い声を上げる男を、欲情しきった目で見下ろした。動かないでくれ、と言いたげに膝で腰を締めつけてくるが、聞いてやる気はない。

そして髪をかき上げ、額に、こめかみに、瞼にキスをする。

「——ぁ、あ」

奥をやんわりと突くと、それに合わせて掠れた声を漏らし始め、喉から顎にかけての艶めかしいラインに誘われるように竜崎はそこを軽く噛んだ。

「んあぁ……」

歯を立て、そして舌で愛撫しながら快楽を引きずり出してやる。どうやると感じるのか、繋がった部分の締まり具合でよくわかった。まるで『そこ、そこ』と催促するかのように竜崎を締めつけてくるのだ。あまりの感度のよさに、さすがの竜崎も自分が攻められているような気分になる。

気を緩めると、先にイッてしまいそうだ。

「いいのか？」

「ぁ……ん、……っく」

「え？　どうなんだ？」

何度聞いても頑なに口を噤《つぐ》むので、竜崎は『お前がそういうつもりなら』とばかりにそのまま抱え上げた。

「――あ！」

これ以上深く収まらないだろうというところまで突き上げ、あられもない格好のまま揺さぶる。慣れない体勢のせいか、突き上げるたび『ひ……っく』と大きく息を吸い込み、そしてそこで止めた。まるで呼吸の仕方すら忘れたかのようだ。

「お前、ちゃんと息してるのか？」

「く……っ、う……、――ぁう！」

「ほら。ゆっくり息を吐けよ」

「……ひ……ぅ、……っ」

謙二朗があまりにも苦しげに喘ぐので、竜崎は少しだけ動きを緩め、躰が慣れるのを待ってやる。

「自制しようとするな。余計辛いぞ」

「……、ん……っ、ぅ……っ」

「この下手くそ。力を抜いて息を吐け」

「や……、――あぅ……っ！」

「奥で感じてみろ」

「ひ……っ、……ぅ……っく」

「拓いて、呑み込んで、受け入れて、奥で味わえ。俺を喰うつもりで味わうんだよ」

快楽の貪《むさぼ》り方を何度も言葉で教えようとするが、素直でない男はなかなか言うことを聞かない。首に回した腕にぎゅう、と力を入れ、耳元で喘ぐのだ。

「おね、……が、……頼むよ」

「何がだ？」

「りゅ……ざき、……さ、……おね、が。……もう、……や」

何を言っても聞いてやる気はなかった。

前を張りつめさせたまま『嫌』と言われても説得力なんてない。そんなふうに懇願されると、ますますよがらせたくなるだけだ。もっと淫《みだ》らな格好をさせたくなる。自ら腰を動かして催促するほど、夢中にさせたくなる。

耳朶に軽く歯を立ててやると、ようやく息の仕方を思い出したかのように肺の中にため込んだ酸素を甘い喘ぎとともに吐き出した。

「んあぁ……」

不意に謙二朗の躰から力が抜ける。そして、追いつめられた若い獣はよりいっそう躰を震わせ、必死でしがみついてくるのだ。

「……ぁ……ふ、……んぁ……っ」

「そうだ。上手じゃねぇか」

「あぅ……っ、んぁ……、は……っ」

「ここがイイのか？」

「——ぁあ……っ」

　腰を使うと、それに合わせて鼻にかかった声が漏れ始めた。止めどなく漏れる甘い声は悦びに濡れているようでもあり、なぜ自分にこんな酷いことをするのかと抗議しているようでもある。

「んぁ、……も、……っ」

「どうした？」

「……ぁ、もう……っ」

「イきたいのか？」

　そう聞くと、謙二朗は泣きそうな顔でこくこくと頷いてみせた。あの生意気な男が『イきたいか』と聞かれて素直に頷いたのだ。

　これ以上の悦びがあるだろうか。

「そうはいくか」

「……っ、……りゅうざき、さ……っ」

「ギリギリまで、我慢しろ」

「ア……、アンタ……ひでぇよ」

拗《す》ねるような言い方が、たまらなく可愛い。

「まだイくなよ」

そう言いながらも、竜崎は反応を窺いながら感じる部分を探り当てた。我慢しろと言われたのが精神的に謙二朗を追いつめたのか、首に回した腕にますます力を籠《こ》める。

「ぁ……、もう……っ」

「まだイくな」

「ダメ……ッ、……ダメ」

「我慢しろ」

「ぁ……っ、そこ、ダメだ……って、出る」

「——まだだ」

言いながらも、絶頂を促すように探り当てた部分を容赦なく突き上げる。ダメ、ダメ、と繰り返す謙二朗の声は、竜崎を凶暴な思いに駆り立て、動きはさらに激しくなった。

「——んあぁ……、ぁ……、も……出る、……出る、よ……っ」

泣きそうな声でそう零した途端、竜崎を咥え込んだ部分がまるで吸いついてくるかのように締まり、躰をぶる、と震わせながら竜崎のシャツに白濁をほとばしらせた。謙二朗は息がなかなか整わず、抱きついたまま肩を上下させている。

「——はぁ……っ、……ぁ、……っ」

「あ、てめぇ汚しやがったな。イくなって言ったのに」

仕方ねぇな……、と耳元で囁くと、粗相をして叱《しか》られたかのように唇を噛むのだ。

「我慢できないほどによかったか？」

「ぅ……」

「ホラ、言えよ」

「——ぁう……っ！」

「言わねぇともっとすごいことするぞ。それとも、してもらいたいのか？」

言葉を求めても何一つ返ってこないのに苦笑し、それなら躰で確信させてもらおうと謙二朗を抱え直した。

「——ぁう！　んぁ、あ……、はぁ……っ」

大事に抱いてやろうと思っていたのに、竜崎は激しく腰を使い始めた。こういう行為に慣れた相手でさえ竜崎が本気になれば音を上げるというのに、もう自分を抑えられない。

「俺はイイぞ。あの時からずっと、お前に挿れることばかり考えてた」

「竜崎、さ……っ、りゅ……ざき、……さ」

「どこだ？」

「ダメだって、……俺、……変に……っ」

「今さら何言ってやがる」

「でも……っ」

「変になって、いいんだよ。もっと見せろ」

「――ぁ……っ！」

謙二朗を抱え上げたまま壁に手をつき、今度は自分の欲望を満たすためにガッガッと腰を打ちつけた。そして苦しげに喘ぐその唇を自分ので塞ぎ、歯がぶつかりそうなほどの激しい口づけを交わす。何度も、何度も……。

だが、一方的に見える行為にも次第に変化が現れ始める。竜崎の求めに謙二朗も自ら舌を絡めてきて、自分を突き上げる男の求めに啼きながら応《こた》えるのだ。

「ぁ……ん、……ん、ん、――ぁ……、ふ」

唇が離れると、謙二朗はそれを探すように閉じた瞼をうっすらと開いた。潤んだ瞳に見つめられると、どうしようもなくなる。

（あ、……くそ）

イきそうになるのをすんでのところで堪え、呼吸を整えた。そして再び腰を使い始める。開花した謙二朗の媚態《びたい》は場数を踏んできたはずの男の経験をリセットさせるように、竜崎を夢中にさせていた。低く唸るような男っぽい喘ぎを漏らしながら、ただ貪るのだ。

そして、二人の熱い交わりの気配は色気のない事務所の中に漏れ、それはいつまでも途切れることなく続いた。

風が少し優しくなった。

春の匂いがわずかに漂い始める頃、竜崎はある一つの決心をして開店前の『J&B』を訪れた。いつものようにスツールに腰をかけ、腕のいいバーテンダーに酒を注いでもらう。

相変わらず穏やかな笑みを見せる橘に、このまま旨い酒を呑んで帰れたらどんなにいいかと思った。

だが、謙二朗に手は出さないと約束した手前、男として筋を通すのが道理だろう。半年前のアレは不可抗力だったが、今回は言い訳できない。

「で、話ってなんだ？」

「ん？　いや、その……な」

相変わらず岩のようにデカい男の顔を見て、竜崎は覚悟を決める。煮るなり焼くなりブッ切りにして海に放り込むなり、どうにでもしてくれだ。

「謙二朗のことなんだがな……」

一口呑み、グラスを置く。

「どうした？　謙二朗がなんかしたのか？」

「……いや、前にお前と約束しただろう？」

「……、……」

しばし沈黙。

無言のまま、二人はお互いの心のうちを探るように睨み合っていた。だが、ふと深見のこめかみがピクリとなったかと思うと、手近にあったアイスピックにゆっくりと手を伸ばした。それを握り締める手に、尋常ではないくらい力が籠められている。

「お前、まさか……」

静かな、声だった。さすがの竜崎も、身の危険を感じずにいられない。

そして次の瞬間、深見は『くわっ！』と般若《はんにゃ》のように口を開けたのだ。

「この鬼畜がっ！」

「……っ！」

豹変《ひょうへん》した深見の形相に、一度は覚悟をした竜崎もスツールから飛び下りた。

「ぶっ殺してやる！」

「どぁっ！」

深見は本気だった。串刺《くしざ》しにしてやるぞとばかりにアイスピックを振りかざし、襲いかかってくるのだ。危険極まりない。

それを見た橘が、とっさに後ろから羽交い締めにする。

「オ、オーナー。やめてください！」

だが、いくら叫んでも無駄だった。いつもならこの男の言うことには耳を貸すのだが、さすがに今日ばかりは理性が働かないらしい。

「オーナー、落ち着いてっ！」

「離せ橘っ！　こいつは一度ブチ殺さにゃあ俺の気が済まん！」

図体のデカい深見が左右に躰を揺らすと、橘は子供のように軽々とそれに引きずられた。

深見が橘の制止を振りきって竜崎に飛びかかってくるのも時間の問題だろう……。

そして案の定、深見が自分を押さえようとする腕を振り払った途端、ガタガタン……ッ、と派手な音を立て、橘がボックス席のところまで吹っ飛んでしまったのだ。

深見はその音にようやく我に返り、はたと後ろを振り返る。

「だっ、大丈夫かっ、橘っ！」

慌てて駆け寄ると、橘はぐったりとしていた。後頭部でも打ったのだろうか。

「たっ、大変だ！　深見が橘君を殺しやがった！」

「……っ！」

その言葉に深見はギョッとする。

「貴様っ、人聞きの悪いことを言うな！」

「いや。いつかはやると思ってたんだよ、この乱暴者っ！　殺人鬼！　橘君が死んだ！」

死んだ、という言葉に深見は焦りまくった。

どんなに声をかけようが橘は目を開けない。竜崎は騒ぐ。気持ちは焦る。

深見はまるで壊れやすい繊細なガラス細工にでも向かっているかのように、手すら触れられず狼狽《うろた》えていた。

だが、深見がこちらを向いている隙に気絶していたはずの橘が片目を開け『今のうちに逃げてください』と合図してくる。

（やっぱり演技か……）

まさか、信頼している従業員が自分を騙《だま》しているなんて疑ってもいないだろう……。

「橘っ！　目を開けてくれ！　おい竜崎。お前もちったぁ手を貸せ」

その必死の形相に笑いが込み上げてくるが、調子に乗った竜崎はそれを我慢して殺人現場を目撃したかのようにジリジリと後退りながら言うのだ。

「な、何言いやがる。さてはお前、死体をどっかに隠すつもりだな」

「なっ、何が死体だ。まだ死んでない！」

「俺はお前の共犯になんかならんぞ！　警察に通報してやる！」

「おいっ、竜崎っ！」

焦りまくっている深見にしめしめとほくそ笑むと、竜崎は『大変だ～大変だ～』とはやし立てながら店を出た。ドアが閉まる瞬間『橘ぁ～』という情けない声が聞こえ、竜崎はひぃひぃと腹を抱える。

通りに出るとアスファルトがしっとりと濡れており、その匂いがほんのりと漂っていた。それを嗅ぎながら少し歩き、そしてふと足を止める。視線の先に、見慣れた赤いバイクがあるのに気づいたのだ。

「なんだ、謙二朗。どうした？」

「迎えにきてやったんだよ。今日はオリーヴさんとこ行く約束なんだろう?」

「ああ、よくここにいるってわかったな」

「なんとなくな」

ヘルメットを投げてよこされるとそれを被り、竜崎は後ろに跨った。

「何一人で笑ってたんだよ?」

「ん? ちょっとな……」

さすがに自分たちのことを兄貴にバラしたなんて言えるはずもなく、竜崎は適当に誤魔化《ごまか》すと、その細腰に腕を回した。

「ほら、バイク出せ」

「……っ! どこに手ぇ回してんだよ」

「細かいことをぐだぐだ言うな」

「せっかくこっちから乗せてやるって言ってんのに」

「たかがバイクで威張るな。どーせなら『俺の上に乗ってください』くらい言ってみろ」

「!」

「いつでも乗ってやるぞ?」

ヘルメット越しに耳元で卑猥《ひわい》に言うと、謙二朗は『このクソジジィ』と言わんばかりにこう呟く。

「――振り落としてやる」

そして次の瞬間、ブォン……ッ、と遠吠えのような唸りが夜の空気を振動させると、深紅の怪物は二人を背中に乗せたまま、あっという間に闇の中へと消えていった。

嘘と少年

「あら〜っ、どうしたの竜《りゅう》ちゃん！」

オリーヴの声が、窓を開け放った事務所に響いた。

白生地にいちご柄のブラウス、そして裾《すそ》のところをフリルで幾重にも縁取ってある膝丈《ひざたけ》のスカート。エナメル素材の圧底ブーツはぴかぴかで、真っ白なハイソックスもこれまた目に眩《まぶ》しい……。

どう見ても何かを間違ってしまったサンタクロースにしか見えないのだが、謙二朗《けんじろう》のフィルターを通すと『可愛《かわい》い』という類《たぐい》の言葉に変換される。実際、今日の格好を見た途端浮かんだ言葉は『すごく似合ってる』だった。

べったりと塗られた真っ赤なルージュも、そして頬骨《ほおぼね》の辺りに塗られた濃いめのチークもかなりポイントが高い。だが、大好きなオリーヴは謙二朗を素通りして竜崎《りゅうざき》の前まで駆け寄ったのである。

いつもなら真っ先に謙二朗に向かうというのに。

「誰《だれ》かと喧嘩《けんか》でもしたの？」

「いや……その、ちょっとな」

竜崎はジャケットのポケットからいつも吸っているキャメルを取り出し、少し顔をしかめてそれに火をつけた。

竜崎の唇は痛々しくも紫色に腫《は》れ上がっており、ざっくりと切れていた。殴られた弾みで自分の歯で噛《か》み切ったところはすでにかさぶたになっているが、しゃべるたびに疼《うず》いているというのはわかる。

誰の目から見ても、相当の力で殴られた痕《あと》だというのは明らかだ。

「竜ちゃんがそんなダメージ受けるなんて変よ。まさか、とんでもないことに首を突っ込んだんじゃあないんでしょうね？」

「そんなんじゃあないよ。心配するな」

「でも、竜ちゃんがそんな痣《あざ》をつけてくるなんて初めてだわ。心配くらいしたくなるわよ。ねぇ、謙ちゃんもそう思わない？」

話を振られ、謙二朗はなんともバツの悪そうな顔をして曖昧《あいまい》に相槌《あいづち》を打った。

何を隠そう、竜崎のあの顔の痣は謙二朗の仕業なのである。前の晩、竜崎に迫られてつい殴ってしまった。しかもグーで。思いきり。

二度目に竜崎に抱かれてから約二ヶ月――。

自分がどういう立場にあるのかいまいちわからない謙二朗だったが、それがようやくはっきりした気がする。昨日の夜、謙二朗は奥の部屋で仮眠を取ったのだが、ちょっとのつもりが寝入ってしまい、竜崎に起こされたのだ。ふと見ると、時計は夜中の三時を指している。

『そんなに疲れてんだったら車で送るぞ』

さりげない気遣いに『大丈夫だ』と答えると水の入ったコップを渡され、手に取った。冷たい水は起き抜けの躰《からだ》にありがたく、謙二朗はそれを一気に呑《の》み干した。そして『ふぅ』と息をついたところで、竜崎がじっと見ているのに気づいたのである。

『何？』

怪訝《けげん》に思ってそう聞くと、竜崎は苦笑する。

『お前、無防備に寝顔を晒《さら》すなよ』

その意味がわからないでいると持っていたコップを奪われ、テーブルの上に置かれた。そして、肩に手をかけられてあっさりとソファーの上に押し倒されたのである。

『お前も半分悪いぞ』

さすがにそこまでされると竜崎の意図がわかり、謙二朗は慌てて身を起こそうとしたのだが、もう遅かった。完全に組み敷かれては、腕に自信があろうともどうにもできない。

しかも待てと言っているにもかかわらず、竜崎は人の言葉になどまったく耳を貸そうとはせず、こともあろうかいきなりズボンのファスナーに手をかけたのである。

それを思い出し、謙二朗は目許《めもと》を染めた。

その部分は、まるでスローモーションのような速度で脳裏に焼きついている。

『なんだ？』

待てという言葉に顔を上げた時の、竜崎のなんとも言えない、あの目――。

まるで、これからとんでもなくすごいことをしてやろうというような目だった。考えただけで愉《たの》しくて仕方がないという顔だ。その目の奥には本能に突き動かされているような熱さと、捕らえた獲物をどう料理してやろうかと画策している冷静さが混在していた。

ずっと以前に竜崎のセックスフレンドだった翔《しょう》というゲイから聞かされた話が、決して大《おお》袈裟《げさ》なものではないのだと思い知らされるほどだった。

こんな顔ができるのだ。『手錠と目隠しをされてナニで云々《うんぬん》〜』という、聞いただけでも恥ずかしくなるような翔の言葉にも納得ができる。多分、竜崎が翔を相手にそんなことをしたのは本当だろうと思わせられた。

だが、問題はそこではない。

そんなことをされる危険性を孕《はら》んでいるというのに、竜崎のエロティックな視線に身も心も取り込まれそうになった自分がいたことこそが、大問題なのである。ひとたびその泥濘《でいねい》に足を取られると、二度とそこから抜け出せなくなるのではという思いに恐怖すらした。

そして、自分を咥《くわ》えようとした竜崎を見て半ばパニックに陥り、思いきり殴ってしまったのだ。

(大体なぁ、いきなり口でしようとすんなよ。このエロジジィ)

この男の言いなりになっていては、いったい何をされるかわからない。

「ねぇ、竜崎さん。今日はもう上がっていいんだろ?」

「ああ、報告書は書いたのか?」

返事をする代わりにプリントアウトした報告書を手渡すと、竜崎はそれをめくった。咥えタバコのまま机の上に足をのせたいつものスタイル。それを上からじっと眺める。

竜崎ほどの歳《とし》にもなると、若い頃は何をせずとも保っていられた躰のラインが崩れ始め、早い者では髪の毛が薄くなったりもするが、この男にはそんな兆候が少しも見られない。

仕事がら常に緊張状態に身を置き、時には危険と隣り合わせということもあるせいか、竜崎からは野生の獣が放つ匂《にお》いを感じさせられることとすらある。

飼い慣らされた者にはない、飢えのようなもの。

謙二朗はそんな竜崎を見ながら「俺、今からオリーヴさんのところに行こうかな」ぼそりと呟いた。

すると、オリーヴが嬉《うれ》しそうに目を輝かせながら抱きついてくる。

「あら、アタシなら大歓迎よ！」

ぎゅ、とされ、思わず笑みが零《こぼ》れた。

「せっかく今日はお洒落《しゃれ》してきたんだもの。謙ちゃんとずっと一緒にいたいわ。ほら、これね、先週買ったお洋服なのよ」

「うん。ショートケーキみたいで可愛いよ」

「ほんと？　アタシ謙ちゃんに褒められるのが一番嬉しいわ」

うふ、と肩をいからせて喜ぶオリーヴに、謙二朗は『本当だよ。すごく似合ってる』と称賛の言葉を浴びせた。竜崎は、そんなふうにいちゃつく二人をじっと眺めており、その目は『逃げる気だな』と謙二朗に訴えている。

実は昨日のことに触れられるのが嫌で、今日一日、竜崎から逃げ回っていたのだ。お互い別の依頼を抱えているのでそう難しいことではなかったが、竜崎の視線にはそんな謙二朗に対する呆《あき》れも混じっている。それに気づいていた謙二朗だったが、敢《あ》えて無視した。

（知るかよ……）

少しふてくされるように心の中で呟《つぶや》き、竜崎に背を向ける。

「行こう、オリーヴさん」

「ええ。ねぇ、よかったら竜ちゃんもいらっしゃい。一緒にご飯食べましょうよ」

「！」

予想していなかった言葉に、少しばかり動揺した。

なんで誘うんだ……、と思った途端、竜崎と目が合う。咥えタバコのまま自分を見る男に思わず『来るなよ』と念を送っていた謙二朗だったが、竜崎は少し考え込んだような素振りを見せると、まるで心の中を見透かしたようにニヤリと笑ったのである。

「そうだな。たまにはそれもいいいな」

愉しそうな目。

絶対わざとだな……、と眉間《みけん》に皺《しわ》を寄せると、何も知らないオリーヴはいそいそと戸締まりの手伝いを始めた。

「途中でスーパーに寄りましょうね。お買い物しながら献立を決めましょう」

ほらほら、と母親が子供を急《せ》かすような仕種《しぐさ》で追い立てられ、謙二朗は諦《あきら》めて言う通りにした。せっかくオリーヴが喜んでいるのだ。水を差すようなことはしたくない。

「じゃあ、行こうか」

戸締まりを終えて事務所を出ると、外はすっかり真っ暗になっていた。まだ梅雨《つゆ》入りするには早いが空気は湿っており、肌にまとわりつくようで少し不快だ。

「ねぇ、謙ちゃんは何食べたい？」

「うーんと……和食かな」

「竜ちゃんは？」

「ああ、俺も和食がいいな」

「じゃ、決定ね」

オリーヴは竜崎の車に乗り、謙二朗は自分のバイクに跨《またが》る。

それから三人は、二十四時間営業のスーパーに立ち寄って食材を買い込み、オリーヴの部屋へと向かった。部屋に着いたのは九時を回った頃だったが、三人が料理の並んだテーブルについたのは十時前だった。

男二人は役立たずで食器を並べるくらいしかできなかったというのに、このスピードはさすがである。

「さぁ、食べましょう。今日はアタシ、両手に花ね」

オリーヴがゴキゲンな様子で箸《はし》を取ると、謙二朗もそれに倣う。先ほどから何やら言いたげにしている竜崎の視線が気になって仕方ないが、いざ料理を口にすると昨日されたことなどすっかり忘れた。

（あ、うま……）

最初に箸をつけたのは、甘鯛《あまだい》の一夜干しである。

表面はいい具合に焼き色がついており、中はふわっとして脂がのっていた。旨味《うまみ》が凝縮されたそれは塩加減もちょうどよく、ご飯がどんどん進む。

昔は魚の干物のどこが旨いのだろうと思っていたが、オリーヴのところに来るようになって、自分が知らないだけで世の中には美味《おい》しいものがたくさんあることを知った。

これまでは、生きるためにただ喰《く》っていたようなものだった。腹が膨れればいいと思っていた。

今は、心を満たすという意味合いも強い。

「謙ちゃん。豚汁のおかわりは？」

「あ、うん。いる」

謙二朗は遠慮なく椀《わん》を差し出し、二杯目を貰《もら》った。

オリーヴの豚汁がこれまた絶品なのである。豚のバラ肉がたっぷりと入ったそれはゴボウやにんじんなどの野菜も入っており、いろいろなダシが出てほのかに甘みがある。十分に火を通された里芋はトロリと蕩《とろ》けるようだった。

これ以上の幸せはない。

「あ。そういやオリーヴ。明日から大阪に行くんだが土産《みやげ》は何がいい？」

「あら。二人で行くの？」

「いや、行くのは俺一人だ。お前、俺がいなくても大丈夫か?」

「……?」

チラリと視線を上げると、竜崎は『ふふん』と意味深に笑ってみせた。

「お前はすぐにソファーで寝るだろ?」

「あら、暖かくなったからってダメよ。風邪《かぜ》引いちゃうわ」

「……」

食事に夢中になっていた謙二朗は、その言葉にせっかく忘れていた昨夜《ゆうべ》のことを思い出させられた。すると、それがわかったように、竜崎は満足げな顔でこうつけ足す。

「しっかり留守番してろよ。五日後には戻るから」

五日後という言葉に、少しばかり危機感を覚えた。まるで、戻ってきたらあの続きをしてやるぞと言われているような気になるのだ。

竜崎が本当にそういう含みを持たせて言っているのかは定かではないが、自分の意思で抱かれてからというもの、こういったことが多い気がする。

（一生帰ってくんな……）

ずず、と豚汁を啜《すす》りながら、謙二朗は心の中でそう唱えていた。

翌日、謙二朗はいつもより三十分早く家を出た。

竜崎が不在の時には、少し早めに行くようにしている。特にそう指示されているわけではないが、留守を預かる身としては事務所をいつも同じ状態にしておきたいのだ。普段竜崎は謙二朗よりも十五分は早く来ている。

ビルの階段を上っていくと、入口のところに見慣れない少年が立っていた。

（誰だ……？）

身長は一四〇センチくらい。子供の平均身長なんて知らないが、顔を見るとせいぜい中学一～二年生。下手すれば小学生だ。だが、どう見ても普通の子供とは言い難い。

少年は、大きめのパーカーにカーゴパンツというストリート系ファッションに身を包んでいた。髪の毛は金髪に脱色しており、黒いキャップを被《かぶ》っている。よく見ると、手首には複雑なデザインのシルバーブレス、首にはドッグタグ。ピアスも両耳合わせて五つほど。

両手の指を三本ずつ立てて『チェケラ！』なんて胸くその悪いことをやり出しそうなのである。

少年は、謙二朗に気づくとドアから背中を離した。

「あ、にーちゃんここの人？」

「そうだけど。なんか用か？」

「ね、親父《おやじ》に逢《あ》いにきたんだけど、いる？」

少年の言葉に、謙二朗は一瞬だけ固まった。

この年頃の少年に『年上に向かってタメロ云々〜』などと口うるさく言うつもりは毛頭ない。謙二朗も竜崎に対しては、客のいるところでしか敬語を使わない。

だが、聞き流せない言葉が一つあった。

親父。

いったい誰のことなんだ……、と思うが、自分でないことを考えると残りは一人しかおらず、だがそれもにわかに信じ難くてつい聞いてしまう。

「親父って誰のことだよ？」

「竜崎英彦《ひでひこ》。昔、マル暴の刑事《デカ》やってた探偵だよ。ここって親父のやってる探偵社なんだろ？　竜崎探偵事務所って書いてあるし」

「……」

謙二朗は黙って少年を見下ろした。

顔はまだ幼いが、気の強そうな目でこちらを真っすぐに見つめ返してくる。あまり似ているとは思えなかったが、下の名前まで知っているということはまったくの無関係ではないと思っていいだろう。

セックスフレンドだった男女が竜崎を訪ねてくることは多く、その対応には随分慣れてきた謙二朗だったが、さすがにこう来るとは思っていなかった。

フェイントを喰らった気分である。

「竜崎さんに息子がいるとは知らなかったな」

「ああ、俺ずっと離れて暮らしてたからな。なぁ、まだ来てねーんだったら中に入れてくれよ。もう一時間も待ってんだぜ～？」

「来るって連絡は？」

「してねーよ。ンな面倒なことするかよ」

喉《のど》が乾いたとしきりに訴えるのでひとまず中に入れてやり、謙二朗は少年をソファーに座らせた。そして冷蔵庫からジュースを出してそれをテーブルに置き、向かい側に座る。

いきなり現れた『竜崎の息子』にいささか動揺しており、謙二朗はタバコを取り出して火をつけた。

落ち着け。

自分にそう言い聞かせ、一口吸ってからトン、と灰を落とす。窓の外は嫌になるくらい晴れ渡っており、事務所の中はいつにも増して静かな気がした。

「俺は深見《ふかみ》謙二朗。竜崎さんの下で働いてる。お前、名前は？」

「下村耕太《しもむらこうた》。あ、親父と名字が違うのはお袋が『みこんのはは』ってやつだからなんだってさ。『にんち』ってのはしてもらってるらしいぜ？」

その言葉が持つ意味の深さを本当に知っているのだろうか。

耕太と名乗った少年は、平然とそう言いながらズボンのポケットを探った。

中から出したのはラッキーストライク。それを慣れた手つきで箱から一本取り出し、百円ライターで火をつけた。そして肺までしっかり吸い込んでから、いかにも旨そうに口からふう、と煙を吐き出す。

やけに慣れた仕種とまだ幼い顔が妙にアンバランスで、謙二朗は咥えられたそれを奪って灰皿に押しつけた。

「あ、何すんだよ」

「ガキが吸うな。お前いくつだよ？」

「十二。来年はもう中学だぜ。それにアンタだって未成年のくせに吸ってるじゃん」

「勝手に決めんな。俺は二十二だ」

そう言うと、耕太はヒュウ、と口笛を吹いてみせる。

「マジかよ。高校生くらいかと思ったぜ？　へっ、可愛い面してんじゃん」

その言い草に、つい眉間に皺が寄る。小学生に言われたくない。

（なんだこのガキは……）

本気で相手をするつもりはないが、笑っていられるほど寛容でもなかった。

謙二朗は少し迷い、この少年の正体をはっきりさせないわけにはいかないだろうと覚悟を決めた。場合によっては、竜崎が帰ってくるまでの数日間は預からなければならないことになる。

「お前、学校は？　ＧＷはもう終わってるだろ」

「ちゃんとお袋に言ってきたから担任には連絡行ってるよ。あと一週間は大丈夫」

「そうか。でも竜崎さんは今日は来ないんだ」

「なんで?」

「ある調査でな、出張に行ってんだよ。四～五日は帰ってこない。今電話してやるからちょっと待ってろ。名前は下村耕太だったな」

「ああ」

ソファーにふんぞり返るのを視界の隅に捕らえながら、竜崎の机の電話に向かった。尾行中の時もあるので極力こちらからは電話しないようにしているが、この場合は特別だろうと短縮を押す。

コール二回。

すぐに竜崎の声がしたが、押し殺したようなそれに今はゆっくり話していられる状況ではないとわかった。だが、同時にいつものように仕事をしている竜崎にムッとした。

『どうした?　急用か?』

「アンタにお客さんなんだけど、どうする?」

『今、調査対象《マルタイ》者に張りついてるんだよ。後じゃダメなのか?』

「ああ、急用なんだ。下村耕太ってガキなんだけどさ、名前に聞き覚えは?」

『下村耕太?』

竜崎はその名前にすぐ反応しなかった。演技しているようには思えないが、単に忘れているという可能性もあるとわざと冷たい口調でつけ加えてやる。

「アンタの息子って言ってんだけど?」

そこまで言っても、竜崎にはピンとこなかったようで大した反応は返ってこない。さすがにここまでくれば間違いとしか思えず、耕太は大きな声で言う。

だが、電話の様子に気づいたのか、耕太は振り返った。

「俺のお袋、下村美鈴《みすず》って言うんだ。美鈴だよ、美鈴。そういやわかるって」

「……だってさ。聞こえた？」

その途端、受話器の向こうが沈黙した。

確かな手応《てごた》え。

子供の名は覚えていなくても、女の名は記憶に残っていたというわけだ。

「覚えはあるみてーだな」

はっ、と鼻で嗤《わら》うように言い『このクソジジィ……』と心の中で悪態をついた。竜崎がこれまでにいろんな相手と躰だけの関係を持ってきたことは知っていたし、自分が口を出すことのできる立場にいるかどうかもよくわからないが、やはり面白くないのは事実だ。

しかも耕太は、二十二の男に向かって『可愛い面してんじゃん』なんてことをのたまうクソガキなのである。竜崎が帰ってくるまでの間、これの相手をしなければならないのかと思うと、気が重い。

『とにかく説明は後でする。夜にでも連絡するよ』

竜崎はそう言うなり、電話を切った。受話器から聞こえるビジー音に眉《まゆ》をひそめる。

（冗談じゃねぇぞ……）

謙二朗の顔は、これ以上ないというくらい不機嫌だ。

「ねー、親父なんて言ってた？」

その声に振り返ると、耕太は再びタバコに火をつけていた。咥えタバコの小学生は頭の後ろで手を組み、天井に向かって煙をもくもくと吐いている。

「また連絡するってさ。それよりお前な、ガキのくせにタバコ吸うなって」

言いながらもう一度耕太の前に腰を下ろし、それに手を伸ばす。だが、耕太はその手をさっとかわした。

「堅ェこと言うなって。真面目《まじめ》だな」

「お前なぁ」

「なぁ、俺をその辺のハナタレ小僧と一緒にしないでくれよ。もう大人だぜ？」

演技臭い仕種でニッと笑ってみせる。

どこがだ……、と思いながらも、注意してやらないといけない義理なんてないと、放っておくことにした。正直言うと、子供の相手はあまり得意ではない。

「とにかく、ジュース呑んでおとなしくしてろ。奥の部屋にテレビがあるから、退屈だったら勝手に見ていいから」

「え〜」

つまらなそうな顔をされるが、敢えて無視する。

耕太はしばらくソファーに座っていたが、おもむろに立ち上がって事務所の中をウロウロとし始めた。奥の部屋に入ったかと思うとテレビの音が聞こえてくるが、気に入る番組がなかったのか、またすぐに戻ってくる。

それでも無視を決め込んでいたのだが、耕太は謙二朗が座っている椅子《いす》の横に立ち、画面の中を覗《のぞ》き込んできた。依頼人のプライバシーを見せるわけにはいかないと画面を切り替え、『なんだ？』といったん仕事の手を止める。

「なぁ、親父の下で働いているって言ったよな？」

「ああ、そうだけど？」

「お袋の話によると親父の奴、すげーモテたんだって。俺もモテるんだ〜。なぁ、俺の親父ってどんな奴？　仕事できんの？」

耕太は机に顎《あご》をのせ、上目遣いでじっと見つめてくる。ずっと離れて暮らしていた父親のことをしきりに聞きたがる耕太は、やはり年相応の少年に見えた。

「ああ、仕事はできるよ。有能な探偵だ」

「へぇ。他《ほか》には？　今でもモテんの？」

「まぁ、そうだな」

「やっぱな〜。俺の親父はそうでなくっちゃぁ」

耕太が嬉しそうに笑うと、屈託のないその笑顔に謙二朗もつられた。どんなにマセていても子供は子供である。垣間見《かいまみ》た年相応の顔が、少しだけ好感度を上げる。

だが、せっかくそう思った途端、耕太は謙二朗の肩に肘《ひじ》を置いて寄りかかり、馴《な》れ馴《な》れしい態度で話しかけてくるのだ。

「なー、謙二朗。もう仕事なんかやめようぜ？」

「……っ、……誰が、謙二朗だ」

「さっきそう名乗ったじゃん」

「お前な、年上を呼び捨てにすんなよ」

軽く睨《にら》んでやるが、この少年にはまったく効かないようだ。それどころか、ますます調子に乗る。しかも耕太は、人差し指で喉を撫《な》でながら『子猫ちゃん』なんて言い出しそうな顔で、こうのたまってくれるのだ。

「なんだよ名前くらい。ンな可愛い顔で睨まなくってもいいじゃん」

やはり、子憎たらしいガキだということは間違いないようである。


その日の夜、耕太を持て余した謙二朗は、仕事が終わるとすぐさま『スナック・九州男児《きゅうしゅうだんじ》』へと向かった。このクソ生意気なガキもオリーヴの言うことなら素直に聞くのではと思い、連れてきたのだ。

オリーヴの優しさは悪ガキの心をぐっと摑《つか》んだようで、昼にコンビニの弁当を買いに行った時にはいろいろと文句を言った耕太も、出された鳥の唐揚げをおとなしく食べた。

だが、タイミングの悪いことに竜崎のセックスフレンドだった翔が客として店にやってきて、子供を連れた謙二朗を見るなり『この子は誰なんだ』としきりに聞いてきたのだ。

変なところで勘の働く男である。

「へぇ、竜さんに隠し子ねぇ。意外だな〜」

耕太の正体を知ると翔は指にタバコを挟み、カウンターに頬杖をついたままいかにも楽しそうに謙二朗にそう言った。これからすごい修羅場が始まるぞと期待している目である。

躰だけの関係を続けてきた相手だけに、竜崎が一人に絞るという前代未聞の事態を一番騒ぎ立てたのはこの男で、これまでにも散々二人の仲を面白おかしく追及したりしてきた。そして今度は、竜崎の決めたただ一人の相手である男が困っているのを楽しんでいる。

確かに、翔でなくとも謙二朗はちょっとつつきたくなる外見と性格ではあるのだが……。

「ね、坊やいくつ？」

「誰が坊やだよ。俺、もう大人だぜ？　オンナも知ってる」

得意げな耕太の言葉に、翔は『ははっ』と笑うが、その一方でちゃっかりとチェックを入れていた。しかもタバコの煙をふぅ、と吐き、髪をかき上げながら小学生相手に誘うような流し目を送るのだ。

「でも、よく見ると作りはいいよな。あと十年もすれば、すごいイイ男になりそう。なんせ竜さんの血ィ引いてるんだし。——あ。そう考えたら今から予約しておくのもいいかも。今が十二だとすると、耕太が食べ頃の時に俺が三十二。あ、全然大丈夫」

小学生の子供に向かってとんでもないことを言う翔に呆れるが、耕太も負けていない。

「何？　おにーさん俺に興味あんの？」

「ふふ～ん。怖い？」

「んなコトねーよ。お袋の店の常連客が言ってたんだけどさ、デキる男ってのは女だけでなく男もやるんだってよ。知ってるか？　昔の偉い人ってさ、男も囲ってたんだぜ？　俺も男囲えるくらいすげー奴になってお袋に家買ってやるんだ。早く楽させてやんねーとな」

母親思いの台詞《せりふ》だが、耕太にかかるとお涙頂戴《ちょうだい》にならないところがすごい。この歳で『男を囲えるくらい～』という発想ができる子供なんて、日本じゅう捜しても耕太くらいだろう。

「へぇ。あんたのママ、お店やってんだ？」

「ああ。小さなスナックなんだけど、水商売の女とかいっぱい来るんだよ。俺もたまにお袋を手伝ってカウンターに立つんだけどな、『キャンディ』っていうソープで働いてるねーちゃんなんかさ、巨乳ですっげー可愛いんだぜ？　俺、一回揉《も》ませてもらったことあるんだー。やっぱ女はおっぱいデカくねーとな」

飛び交う会話についていけず、謙二朗は頭を抱えた。かなりすごい環境で育ってきたようである。

（ったく、このガキをどうしろってんだよ……）

あと四日だが、先が思いやられた。

夕方に竜崎から連絡があったが、その時は特に詳しい話はしなかった。というより、させなかったのだ。突っぱねるような口調の謙二朗に、それ以上竜崎も弁解しようとはせず『四〜五日で戻るからその間、耕太を頼む』と言っただけだった。結局、耕太が本当に竜崎の子なのか、真偽のほどはわからないままなのである。

意地を張ってそれを聞かなかった謙二朗だったが、そんな自分を馬鹿だと思った。いつもそうだ。意地を張って後悔する。

だからと言って素直にもなれずに一人で悶々《もんもん》としているのだから世話ないと、そんな自分に心底呆れていた。

「ねぇ、謙ちゃん」

「何？」

「ちょっと……」

翔と耕太が下ネタで盛り上がっているのを横目で見ながら、オリーヴは謙二朗を店の隅に呼んだ。そして、そっと耳打ちする。

「あの子、本当に竜ちゃんの子供なの？」

「さぁ」

「ほら、よくあるでしょ。『アナタの子よ』って嘘《うそ》言って、昔の男からお金を巻き上げたりする話。その類じゃないでしょうねぇ」

「竜崎さんがそういうのに引っかかるとは思えないしな。それに……」

耕太の母親の名を聞いた時の竜崎の反応は、無視できるものではなかった。少なくとも、何か関係はあるというのは確かだ。

そしてもう一つ。

翔と意気投合している耕太を見て、ふと思う。

タバコはスパスパ。酒もたしなみ女もやる。女に関してはどこまで本当かは知らないが、言うことだけは一人前で、やれ年上しか相手にしないだのやれどこの女子校の誰がよかっただの、先ほどからそんなことばかり口にしているのだ。

おまけに、謙二朗に対しては『可愛い面してんじゃん』だ。

竜崎の血を引いているからこそ、あそこまでぶっ飛んだ性格が形成されたとも言える。

「どうしたの？　謙ちゃん」

「ん？　あ、いや。竜崎さんらしいと思って……」

「あら、そんなこと言って。竜ちゃんのこと、信用してないの？」

「信用するも何も、俺には関係ないし。それに実際、節操なんてなかっただろ？　オリーヴさんだって知ってるくせに」

謙二朗は、わざとそう言い放った。

「あら、謙ちゃんまでそんなこと言って。きっと竜ちゃん、今頃くしゃみしてるわよ」

オリーヴはくすくすと笑っているが、謙二朗は不機嫌を隠せないでいた。

そもそも、いきなり人のズボンのファスナーを下ろしてナニを咥えようとする男のことだ。

隠し子の一人や二人いてもおかしくはない。

先日の夜のことを根に持っている謙二朗なのである。

そしてオリーヴの言う通り、ちょうどその頃、大阪のビジネスホテルの一室で竜崎は豪快なくしゃみをしていた。

「へーっくしょ！」

ずず、と鼻を啜り、サイドテーブルに放り出していたタバコに手を伸ばす。ひと仕事終え、夕食を取ってから部屋に戻りシャワーを浴びたところだった。

今日一日の成果は、まぁまぁといったところだ。予定通りに帰ることができそうだ。

「謙二朗の奴、俺の悪口言ってやがんな」

そう独り言を呟き、謙二朗に言って耕太から聞き出させた電話番号を書いたメモを取り出した。あまり早い時間とは言えないが、非常識というほどの深夜でもない。

しばらくコール音を聞かされた後、女が電話に出る。

『はい、スナック・彩《あや》でーす』

受話器を握っている相手が美鈴であることは、声を聞いてわかった。最後に声を聞いたのはもう何年も前だというのに、まったく変わっていなかった。

「下村美鈴さんか？」

『え？　そうですけど、どなた？』

「俺の子供ってどういうことだ？」

相手が美鈴だと確認すると、竜崎はいきなりそう言った。思いきり不機嫌な声だったが、美鈴は少しも動じずに声のトーンを一つ上げる。

『あら、もしかして竜崎さんっ！　久し振りじゃな〜い』

酔っているのか、少しテンションが高かった。おまけに後ろからはカラオケの歌声と笑い声が聞こえてくる。

「もしかしなくても俺だよ。……ったく、耕太ってあの時の子だろう？　いつの間に俺の子になったんだ？」

竜崎は、すごい勢いでタバコを灰にしながらそう言った。

自分の息子を送り込んできたくせに、まさか電話がかかってこないと思っていたのかと相変わらずな美鈴に怒る気も失《う》せる。昔からこの女はそうだった。

『何？　耕太、そっちに行ってるのっ？』

「まさか今まで知らなかったのか？」

『十日ほど旅に出るって言ったからさー、てっきり一人旅やってんだと思ったわよ。でもよく竜崎さんの居場所わかったわね。私だって知らないのに』

つくづく脳天気な女だと、さすがの竜崎も呆れ果てる。

『ま、こっちもいろいろ事情があってさ。でも竜崎さんだったら問題ないと思ったのよ。遠く離れてるし、まさか自分で捜し出すなんて思ってもみなかったわ。それにあの子、納得はしてたのよ。私が結婚はしたくないけど子供だけは欲しかったから、好きだった男に頼んで子供だけ作らせてもらったって』

「お前、自分の子供にそんな無茶苦茶なこと言ったのか？」

『あら、そんなに驚くことないじゃない。私の店に来る子なんてもっとすごいのがたくさんいるわよ』

「だからってなぁ」

『なんなら本当に父親になる？』

「――断る」

きっぱりと言うと、美鈴は『冗談よぉ～』と陽気に笑った。そして場所を移動すると言っていきなり保留にした。受話器からは、原曲のイメージを台無しにするような電子音のガボットが聞こえてくる。

ぴぽぱぽぴぽぱぽ……、と流れ続けるその音に、なんとなく小馬鹿にされているような気がしてほんの数分の待ち時間が数倍に感じた。

『あ、ごめ～ん。いいわよ』

「で？　耕太はどーするつもりなんだ？」

『ちょっとそんなに怒んないでよ。迷惑かけるつもりはなかったの』

「あってたまるか」

『悪かったとは思ったのよ。謝るわ。ほんと、勝手に竜崎さんのこと父親にしてごめんなさい。でも、耕太の父親は最低な男だったじゃない？　あんな奴の息子だって言いたくなかったの。自分の父親がどうしようもないろくでなしだなんてショックだわ』

いきなり殊勝な態度に出られ、この女の夫がどんな男だったかを思い出した。

美鈴の言う通り、耕太の父親はとんでもないろくでなしだった。竜崎が交番勤務だった頃、美鈴はまだ赤ん坊だった耕太を抱えてよく交番に駆け込んできたものだ。その後ろからは木刀を持った耕太の父親。

酒に溺《おぼ》れ、女とギャンブルにうつつを抜かし、女が稼いでくる金を無駄に浪費することしか能のなかった男だ。一度、ひどく耕太を折檻《せっかん》し、救急車が駆けつけたこともあった。今のようにDVという言葉が世間に浸透していない時代で、美鈴は夫の暴力にただ耐えるだけだった。そういうことが何度もあったため、竜崎がいた交番の警官たちと美鈴は顔馴染《なじ》みになっていたのだ。赤ん坊だった耕太を抱いてやったことも何度もある。

結局、美鈴の夫は妻や息子に対する度重なる暴力と街で起こした傷害事件が原因で、二年ほど刑務所にぶち込まれることになった。一人になった美鈴が自立するまで、就職のことなど何かと相談に乗ってやったものだ。

それらを思い返すと、美鈴の気持ちがわからないでもなかった。

「……わかったよ。耕太にはこのまま俺が親父ってことでいいから」

『えっ、ほんとっ！』

「仕方ねーだろう。今までずっと騙《だま》し続けてきたんだろ？　だったら嘘を貫き通せ。それに俺も何度かだっこしてやったガキだからな。これも何かの縁だよ」

『あら、優しいのね〜』

自分でもお人好《ひとよ》しだと思ったが、もう言ってしまったことだ。撤回する気はない。

「しかし今までよく騙し果《おお》せたな」

そう言うと『ま〜ね〜』なんて自慢げな返事が返ってくる。

まったく、逞《たくま》しい女だ。だが、逞しくならざるを得なかったのだと思うと、もうこれ以上文句を言う気にはなれなかった。

結局、耕太をしばらく置いてやることにし、一週間経《た》っても帰らないと言って聞かない時は、美鈴が迎えにくることになった。受話器を置くと、竜崎は短くなったタバコを揉み消してベッドに横になり、天井を眺めながら謙二朗のことを考える。

意地っ張りで生意気で、絶対に弱味を見せようとはしない。

そして、実は純情だ。

きっと耕太が自分の息子だということを信じているだろうなと思いながら、夕方に電話を入れた時に言われた言葉を思い出した。

『別に耕太がアンタの子供でも俺には関係ないよ』

そう言いながらも、明らかに怒っている口調だった。こめかみの血管までもが頭に浮かんでくるようだ。言い訳の一つもさせてくれなかったことがすべてを物語っている。

参ったな……、と思い、またタバコに手を伸ばした。

帰ったらあの続きをしてやろうと思っていたのに。

あの晩、疲れきって事務所のソファーで寝ている謙二朗に欲情した。警戒心は人一倍強いくせに、寝ている時は無防備で『襲ってください』とばかりに可愛い寝顔を晒しているのだ。自分でもちょっとヤバイなと思うことが、最近よくある。

迫った時の謙二朗の反応は二十二のそれではなく、まるでいたいけな少年にイタズラをしている犯罪者の気分になる。乳臭い女は好みではないし、男に関しても特に未成年を好むようなこともなかったのに――。

『……ま、待ってくれよ……っ』

たったあれだけのことであんなふうに狼狽《うろた》えるなんて、正直たまらない。大股《おおまた》拡げて『早く来て』と催促されるより、何倍もそそる。

他の相手なら、道具や言葉を駆使し、わざわざ興奮できる状況を作らねば得られない悦《よろこ》びを、謙二朗なら小さな喘《あえ》ぎ一つで引き出してくれるのだ。あの声を聞くだけで、どうしようもなくなる。これまではどんなに過激なプレイをしようがどこか冷静な自分がいたというのに、謙二朗が相手だとそんな自分は跡形もなく消えてしまう。

ただ一人の相手を見つけられた喜び。

面倒が嫌で躰だけの関係ばかりを結んできた竜崎だったが、謙二朗が相手ならこれまでの常識なんて全部覆ってしまう。今までは面倒だとしか思わなかったような関係も、相手によっては愉しみに代わるのだ。

しかし謙二朗は今、竜崎の息子と名乗る少年とともにいる。

（あー、くそ）

こんなところでタバコを吹かしていなければならないこの状況が、恨めしかった。くゆらせた紫煙の向こうに、愛《いと》しい男の姿を思い浮かべた。

手に入れたと思っても、すぐに指の隙間《すきま》からすり抜けてしまう。

この煙のように。

（ちったぁ俺のこと信用しろ……）

文句の一つも言いたくなるが、自分がこれまでにやってきたことを思うと疑われてもしょうがないと、溜《た》め息《いき》を漏らすのだった。

耕太が事務所に現れてから、四日が過ぎた。

子供を連れ歩いて仕事をするわけにはいかないので、ここ数日、外に出る時はオリーヴのところに預け、事務所に戻る前に耕太を拾って帰るという毎日だった。

耕太はすっかり謙二朗のことを気に入っており、何かと『謙二朗、謙二朗』と呼びつけるようになっていた。懐いてくれているのはわかるが、人前で下の名前を連呼されるのは正直迷惑だった。

金髪に脱色した小学生のマセガキが、まるで友達のように年上の男を下の名前で呼ぶのだ。

それを見た女子高生などは、くすくすと笑いながら通り過ぎる。

勘弁してくれと言いたくなった。

「おい、行くぞ」

「ちょっと待てって」

メットを渡すと、慣れた手つきでそれを被る。

耕太はバイクに乗るのは楽しいらしく、ゴキゲンで謙二朗の腰に摑まった。特に今日は夕方には竜崎が帰ってくるのだ。調子づいているのか、生意気な言葉にも研《みが》きがかかる。

「なぁ。俺さ、なんでいっつも留守番なわけ？　仕事手伝ってやるからどっか行こうぜ〜？」

「ばぁ〜か。お前がいると仕事になんねーんだよ」

「俺をその辺のガキと一緒にすんなよ」

「十二歳なんてどう見てもガキだろ」

そう言うが、耕太は得意げにこう返す。

「年齢なんて関係ないね。俺、ファーストキスは二十三歳のキャバクラのねーちゃんだったんだぜ？　足首と腰が折れそうに細くってさ、めっちゃ可愛かったぜ〜」

「あー、そりゃよかったな」

「だけど謙二朗もイイ腰してんな〜。今度やらせろよ」

「……っ！」

謙二朗は前につんのめりそうになった。

変声期もまだ迎えていない声で、この台詞。さすがだ。言うことが竜崎と同じである。

「くだらねぇこと言ってないで、しっかり摑まってろ」

謙二朗は、耕太を後ろに乗せたままファーストフード店に向かった。店に着くと、昼時ということもあって店内は子供連れの主婦や大学生くらいの若者の姿でごった返していた。

「お前、何がいい？」

「う～ん。バリューセットとナゲット。あとアップルパイも」

謙二朗は耕太の注文を聞くと『席を取っておけ』と先に行かせた。五分ほど並び、会計を済ませてからトレーを持って二階に上がると、店内を見渡して耕太の姿を捜す。

すると、耕太は大学生ふうの二人組の女の子を口説《くど》いているではないか。

（あンのクソガキ……ッ）

慌てて空いた席にトレーを置き、すぐさま耕太を回収しに行った。ちょっと目を離した隙にすぐこれだ。

「――耕太！」

謙二朗は、猫の子供を捕まえるように洋服の襟を摑む。

「わ、なんだよ？」

「なんだよじゃない！」

笑いを抑え込んだような女性二人の視線が耐え難く、謙二朗はすいません……、と軽く頭をさげて耕太を引きずっていく。だが、すでにメールアドレスの交換はしているらしく、満足げに携帯を閉じた。

バイバ～イ、なんて手を振る耕太は、すっかり遊び人である。

十年後が恐ろしい……。

「席取っとけって言っただろ。テメーはなんでおとなしく座ってらんねーんだよ」

「だって可愛かったじゃん。しかもO大学の学生だってよ？　お嬢様学校なんてたまんねーよな」

「いいから少しおとなしくしてろ」

「なんだよ～。もしかして俺がモテるから妬《や》いてんの？　謙二朗って純情っぽいもんな～。ナンパとかしたことねーんじゃないの？」

ケラケラと笑う耕太に怒る気も萎《な》えて、テーブルに肘をついて頭を抱えた。

もう何も言う気にはなれない。

だが、竜崎が戻るまでの辛抱だ。今日いっぱいでようやくこのガキから解放される――そう思うことで今日一日耐えようと自分に言い聞かせる。

「飯喰ったらオリーヴさんのとこに連れていくけど、店の準備とかちゃんと手伝えよ。夕方には迎えに行くから」

「わかってるって。お袋の店も手伝ってたし、俺、結構役に立ってんだぜ？　それよりさぁ、親父は何時頃帰ってくんの？」

「さぁな」

そう言うと、耕太はハンバーガーにかぶりつき、ポテトを口に放り込んだ。すごい勢いでコーラを流し込み、また大口を開けるの繰り返し。小さい躰によく入るなと感心する。

だが、謙二朗もオリーヴや竜崎に同じような目で見られているのだ。

知らないのは本人だけである。

「なー。親父は俺のことわかるかな？」

「わかるだろ、普通。来てるって知ってんだから」

「だからそういうのナシでさー。ったく、謙二朗はわかってねーな」

耕太は偉そうにそう言い、ずずずーー……っ、と音がするまでコーラを吸い上げるとコップを振った。中で氷がシャラシャラと音を立てると、おもむろに謙二朗のコーラに手を伸ばす。

「おい、人のを呑むな。自分で買ってこいよ。金やるから」

「え、いいの？」

人の物に手を出すわりには変なところで遠慮をする耕太にポケットの小銭を手渡し、ついでに一言つけ加える。

「ナンパすんなよ」

耕太は『へ～い』と返事をすると、階段の方へ向かった。嬉しそうにレジに向かう後ろ姿は、髪の毛さえ金髪にしていなければ普通の小学生だ。

そしてその時、ポケットからパスケースのような物が滑り落ちたのが見えた。

「おい、なんか落としたぞ」

そう声をかけると『拾っといて！』と返ってくる。

（……ったく）

謙二朗は軽く溜め息をついてそれを拾い、耕太のトレーの上に置こうとした。そして中に写真が入れてあるのに気づき、さして深く考えずにそれを開いて中を見る。

「！」

謙二朗は、思わず息を呑んだ。

（これ……）

そこに挟んであったのは、紛れもなく竜崎の写真だった。

警官の制服に身を包んだ竜崎が、赤ん坊を抱いている。写真の中の竜崎は今よりずっと若く、今よりもほんの少しだけ真面目そうに見えた。

きっちりとした制服がそう感じさせるのかもしれない。

自分の知らない竜崎――。

無理やり撮ったのだろう……。『写すな』と手でレンズを押さえようとしている瞬間が見事に収められていた。カメラを持つ人間の笑い声が聞こえてきそうだ。

刑事になる前は、誰だって一度は交番勤務を経験する。元マル暴の刑事ということは知っていたが、お巡りというイメージとあまりにかけ離れていたので竜崎がかつてそうだったなんて想像したこともなかった。

謙二朗は、その写真を凝視していた。

耕太が竜崎の子だろうと思う傍ら、どこかで『これはきっと何かの間違いだ』とも思っていたのだ。だから、心の中で悪態をつきながらもどこか余裕があった。『隠し子と名乗る子供が現れるくらい遊んできた』という程度のことで、聞いたら怒る気も失せるような馬鹿馬鹿しいオチがついているのだと無意識に思っていた。

だがこれを見た今、その可能性は限りなく皆無に等しいのだと言われたのと同じだった。

「あ！　拾ってくれてサンキュ～」

「……っ」

戻ってきた耕太に声をかけられ、慌ててそれを返した。

「俺の親父って格好いいよな。今もこんな感じなの？」

「……まぁ、似たようなもんだろ」

「でもさー、親父に逢ったら最初になんて言おうかな。結構ドキドキするよな」

耕太はしきりにしゃべっていたが、その声は段々と遠くなり、やがては聞こえなくなっていった。そしてある一つの言葉がずっしりとのしかかってくる。

竜崎の子供。

現実味のない言葉だったが実際に耕太は存在し、目の前でしゃべっている。

（はっ、なんだよ。やっぱそうなんじゃねーか）

なぜか躰から力が抜けていく気がして、謙二朗は力なく笑った。

その日の夕方、竜崎は五日ぶりに事務所に戻ってきた。

耕太は竜崎が入ってくるなりその前に駆け寄り、まるで審判が下されるのを待つかのようにゴクリと息を呑んで声がかけられるのを待った。

「お前か。俺の息子ってのは」

「うん、俺のお袋は下村美鈴。知ってるだろ？」

「ああ、知ってるよ」

「アンタが俺の親父なんだろ？」

さすがの耕太も緊張は拭《ぬぐ》えないようで、上目遣いで竜崎の反応を窺《うかが》っている。煩《わずら》わしいと思われないかと、不安もあるのだ。どんなに粋《いき》がっていても、やはりまだ父親に甘えたい年頃なのである。

さすがにこの時は謙二朗も耕太の気持ちが痛いほどわかり、そんなことはないだろうと思いながらも、竜崎が冷たい態度を取ったら耕太の代わりに自分が一発ぶち込んでやろうと思っていた。たったの五日間だが、一緒にいて情が湧《わ》いたようだ。

だが竜崎は、耕太をじっと見ながらこう返事をする。

「ああ、そうだ。俺がお前の親父だ。どうだ？　実の親父に逢った感想は？」

「写真のほうが若い」

「だろうな」

「でも、今の方が格好いいかな」

その言葉に、竜崎は耕太の頭をくしゃくしゃにして笑った。それは紛れもなく、父親が子供にする仕種だった。

「悪かったな。ずっと逢いに行かなくて」

「仕方ねーよ。俺のお袋と逢わないって約束だったんだろ？　ま、大人には大人の事情ってのがあるんだしさ」

竜崎の言葉に安心したのか、耕太は満面の笑みを見せた。ものわかりのいいことを言って『へへ……』なんて得意げに笑うのを見て、謙二朗は複雑な思いに捕らわれる。

竜崎が人でなしではなかったと安堵《あんど》する気持ちと、やはり耕太が竜崎の息子だというのは本当だったのかという思い。

正直、自分でも驚くほど心が乱れていた。

「今日から俺んとこ泊まれ。下着なんかは持ってるのか？」

「うん。コンビニで買ってもらったのがある」

「じゃあ、外に車を停《と》めてあるから先に行ってろ。飯はどうする？」

「オリーヴさんのところに行こうよ。俺、あの人大好き。謙二朗も一緒に行こうぜ。みんなで飯喰おう」

それを聞いた竜崎は、謙二朗の顔を見て『下の名前で呼ばせているのか？』と言いたげにククッ、と笑った。どう返していいのか頭が回らず、視線を足元に落とす。

「お前も来るか？」

「俺はいいよ」

そう答えると、竜崎は『先に行って待ってろ』と耕太の尻《しり》を叩《たた》いた。

耕太が出ていくと、事務所が急に静かになる。この時間はいつもこんな感じだが、今日はこの空気がなぜか居心地《いごこち》悪く感じた。時計の秒針の音までが聞こえてきそうだ。

早くこの場から逃げ出したくて、急いで戸締まりを始める。

「謙二朗。大変だっただろう？」

「別に」

「実は耕太のことなんだがな……」

そう言いかけたところで、入口のところでまた声がする。

「な、先にオリーヴさんに電話してなくていいかな？　いきなり行ったら迷惑だろ？」

「……ああ、短縮に店の番号を入れてあるから、お前が電話しとけ」

「うん、わかった！」

竜崎が携帯を投げると、弧を描くそれを胸のところで受け取り、少しだけ頰を上気させて電話をかけた。かなり嬉しそうだ。

「竜崎さん。戸締まりは俺がやっておくから早く行ってやれよ。耕太の奴、待ちきれないみたいだぜ？」

耕太が自分の父親に逢うのをどんなに待ちわびていたかを知っているだけに、そう言って急かした。

「まぁ、そうだが」

「ほら、行けって」

顎でしゃくると、ちょうど耕太が電話を切ったところで、『オリーヴさん、来ていいってよ！』と嬉しそうに言った。すると竜崎は諦めたように『じゃあ頼むな』とだけ言い、謙二朗を残して二人で事務所を後にした。

耕太の弾んだ声が段々と遠ざかり、事務所は再びシン……、となる。

一人になると力が抜け、動く気にもなれなかった。タバコに火をつけ、しばらく窓の外をぼんやりと眺めながら紫煙をくゆらせた。窓に映った自分の顔を見ていると、それは今にも動き出して『意地を張るんじゃねぇよ、ばぁ～か』と言い出しそうな気がした。

確かに、自分でも馬鹿だと思う。言いたいことがあるなら言えばいいのだ。

だが、心に燻《くすぶ》っている気持ちを言葉にしようとすると、それは形にならない。

隠し子がいたことに文句を言いたいのか、それとも子供を産ませた相手のことが聞きたいのか、よくわからない。どちらもという気もする。

謙二朗はしばらくそうしていたが、いつまでもこうしているわけにはいかないと無理やり

いてやることにした。出されたハイボール・グラスに手を伸ばし、飾りのセロリスティックで軽く混ぜて口をつける。

（あ、旨い……）

兄が大事にしているバーテンダーが作ったカクテルは、謙二朗がいつも缶から直接呑んでいるトマトジュースとはひと味違っていた。タバスコのぴりりとしたスパイシーさがアクセントになっており、レモンの爽《さわ》やかな香りが後味をよくしている。

初めて呑むそれにちょっとした感動を覚えながら、半分ほど呑み干す。そして、耕太が持っていた写真のことを思い出した。

赤ん坊を抱いていた竜崎——。

今よりずっと若く、もちろん無精《ぶしょう》髭《ひげ》も生えていなかった。目深に被った帽子には、お馴染みの桜の代紋。

「あのさぁ……」

言いかけて、躊躇《ちゅうちょ》する。

「なんだ？　あのクソ探偵がなんかやったのか？」

「……」

先を越され、質問するタイミングを逃してしまった。

親友のくせに、兄はよく竜崎のことをくそみそに言う。罵《ののし》り合いながら酒を酌み交わしている、変な男たち。だが、友達など作る機会なんてないままここまで来てしまった謙二朗には、それが羨《うらや》ましくなることがあった。

「いや。別に……」

「どうした？　なんか用事があったんじゃないか？」

「いや、もういいよ」

そう言って謙二朗は、聞きたかったことを胸にしまい込む。

本当は、知りたいことは山ほどあった。竜崎が子供を生ませた女。子供を産ませようと思ったほど、愛したのか。じゃあ、なぜ結婚しなかったのか。

竜崎が無責任な男だとは思いたくない。

グラスが冷たい汗を掻《か》き始め、それが謙二朗の手を濡《ぬ》らす。

この店のドアを潜《くぐ》った時に抱いていた決心は跡形もなく消え去っており、深見がカウンターを出てどこかへ行くと馬鹿なことをしたもんだと自分に呆れた。

謙二朗はタバコに火をつけ、紫煙をくゆらせながらいつもよりゆっくりとそれを灰にしていったが、グラスが空になると、どうせ呑ませてもらえないのなら帰ろうと腰を上げる。

だがその時、橘に次のグラスのリクエストを聞かれた。

「次は何をお作りしましょう？　もしよろしければ、おすすめのものを」

「えっと……」

どうしようか迷ったが、橘は返事を聞く前に新しいハイボール・グラスを手に取ってしまった。戸惑《とまど》いながらも、仕方なく席に座り直す。

（仕方ねーな。あと一杯だけ……）

そう思い、美しく流れるような動きをじっと眺めた。

橘はグラスに氷を入れるとウォッカとトマトジュースを注ぎ、レモンジュースとタバスコを少量入れた。そして軽くステアしてからマドラーにセロリスティックを添える。

（あ……）

橘の手元を見て、彼がなぜ客の返事を待たずにグラスを手に取ったのかがわかった。さっきとまったく同じ飾りつけにしたのは、深見に気づかれないようにだ。

目が合うと、橘は自分の唇に指を押し当てて『お酒が入っていることはお兄さんには内緒です』と合図しながら、それを謙二朗の前に置いた。

ブラディ・メアリ。

カクテルの名前に興味なんかなかったが、真っ赤なそれを見ていると、なるほど『血まみれ』という言葉をあてがうだけはあると思った。

「どうぞ」

「あ、……どうも」

軽く頭をさげ、ありがたくそれを手に取る。口をつけると、ウォッカの深い味わいが口に広がった。

本当は呑みたかった。呑んで憂さを晴らしたかった。謙二朗もたまには酒に酔って愚痴の一つでも零してやりたいという気持ちになることもある。

ほとんど呑んだことのない酒は胃に染み渡っていき、謙二朗はグラスを置いて『ふぅ』と軽く息をついた。

「あ、美味しいです」

「ありがとうございます」

さりげない気遣いがありがたく『優しい男だな』と思った。自分の兄がこのバーテンダーを大事にしているわけがわかった気がする。

「あの……竜崎さんって、ここにもよく来るんですよね」

「ええ。いつもお一人で」

橘は優しげに笑った。何もかも知っているような笑みである。

自分の心の中など他人に見られたくないが、なぜかこの男にはそういう気持ちは起きなかった。人を丸ごと包み込んでくれるような視線に、なぜか素直な気持ちにさせられる。

この感覚は、オリーヴの前にいる時と似ていた。

酒を呑みにくる人間のうち、何人の人間が日頃の愚痴を零しにくるのか。純粋にカクテルを味わいにくる客ばかりではないだろう。

だからなのか。こんなふうに頑《かたく》なに心にしまい込もうとする気持ちをゆっくりと溶かしてくれるのは。

「何か気になることでもおありですか？」

「まぁ、なんつーか。……いや、言っても仕方ないことだから」

言葉を濁らせると、橘は黙ってグラスを拭《ふ》き始めた。必要以上に立ち入ってこようとしないのが、ありがたい。

謙二朗はしばらくカウンターの一点を凝視しながらグラスを傾けていたが、自分の中の不満を抑えきれずにポツリと呟く。

「くそ、竜崎さんの奴……。何が隠し子だよ」

謙二朗は、無意識にため込んでいた思いを口にしていた。自分が耕太のことでイラついていることすらこの男には知られている気がして、つい気を許してしまったようだ。

橘は黙って聞いている。

「大体なぁ、説明の一つくらいしろって。……俺が言わせなかったんだけどさ」

橘に聞き取れたのかはわからないが、カウンターに肘をつきながら前髪をかき上げ、頭に浮かんだ言葉をそのまま次々と口に出していた。カクテルはいつの間にかほとんど空になっている。

だが、腰を上げる気にはなれない。

「──おかわり」

そう言うと、橘は『かしこまりました』と言い、また同じものを作ってくれた。初めてまともに味わうカクテルはゆっくりと躰に染み渡っていき、つまらない意地や見栄から謙二朗を解放してくれる。

「聞けるわけねーだろう。ったく、あのクソジジィ。そんくらい察しろって」

慣れないアルコールのせいかふわふわとして気持ちがよくなり、段々と瞼《まぶた》が重くなっていった。そして、そのまま俯《うつぶ》せる。

「いきなりアレはねーだろう。俺だってビビるんだよ。何が子供だよ……」

襲ってくる睡魔には勝てず、謙二朗は誘われるまま深い眠りに落ちていった。

最後に橘が何か言った気がしたが、それを確かめることはできなかった。

「で、カクテル二杯でコレか？」

竜崎は『J&B』の奥の部屋にいた。男三人で謙二朗の寝顔を見下ろしている。

深見から携帯に連絡があり、耕太をオリーヴに預けて来てみれば酔いつぶれた謙二朗がソファーで寝ているといった具合なのだ。何があったのかは、橘が説明してくれた。

「すみません。マスターに言われてたんですが、まさかここまで弱いとは思わなくて、つい呑ませてしまいました。アルコールの度数はワインと同じくらいなので、少しくらいは大丈夫だと思ったんですが」

「こいつ、下戸なのか？」

「ま。似たようなもんだ」

「お酒でも呑んでないとやってられない時ってありますから、僕が勝手に……。本当にすみません」

申し訳なさそうにする橘だったが、深見はそんな橘に対して寛容だった。これが竜崎だったらここぞとばかりに責め立てるくせに。

それだけこの男のことを信頼しているということだ。

「とにかく、謙二朗を連れて帰ってやってくれ。俺らはまだ店があるし、どうせお前は暇なんだろう？」

最後に嫌味をつけ足すことは忘れずに、深見は腕を組んだまま不機嫌そうに言い放った。

アイスピックを持って追いかけてきたこともあったというのに、今は二人の関係に無関心を装っている。本当は何か言いたいところだろうが、謙二朗も大人だからと我慢しているのだろう。

あのブラコンがここまで譲歩するのだ。すごい進歩である。

先に深見が店に戻ると、竜崎はずっと気になっていたことを聞いてみた。

「橘君。こいつ、なんか言ってなかったか？」

謙二朗がやけ酒なんて、初めてのことだ。

「お客様が個人的なお話をされた時は、他の方にそれを話したりしないのがバーテンダーの最低限のマナーです」

「……まぁ、そうだな」

橘の言うことはもっともだと、竜崎は『聞いて悪かった』とすぐに諦めた。

確かに、橘の言う通りだ。客の愚痴をいちいち他人に漏らすようなバーテンダーが目の前にいたら、迂闊《うかつ》に酔うこともできない。

だが――、

「でも最近、独り言が多くなって」

「……？」

橘は竜崎の顔は見ずに、テーブルの上にあったチラシを片づけながら話し始めた。

「今日はマスターに竜崎さんのことを聞きにこられたご様子でした。でも結局聞けなかったみたいです。いろいろため込んでいるようで」

「……」

「荒れてらっしゃいました。『説明の一つくらいしろ』と。あと『聞きたくても聞けない』というようなこともおっしゃってました。そのくらい察しろと言いながら、ほとんど一気呑みに近い勢いで」

その言葉に、今日の謙二朗の態度を思い出して『やっぱり気にしてたか……』と妙に納得した。電話でも、こちらの言い分を聞こうともしなかった。

この意地っ張りめ……、と、困ったような顔をする。

「悪いな、橘君」

「いえ、独り言ですから」

優しげに笑う男はそう言って黙礼すると、店に戻っていった。竜崎はその背中を見送りながら『君から聞いたということは内緒にしとくよ』と心の中で礼を言い、そしてもう一度謙二朗に視線をやった。

相変わらず、可愛い寝顔だ。

その前髪をそっとかき上げ、無理やりにでも弁解の言葉を聞かせなかった自分を深く反省する。

(悪かったな……)

自分を父親と信じている耕太の手前なかなか言うチャンスがなかったとは言え、やはりちゃんと言うべきだった。あれは俺の子供じゃない、と……。

しばらくそうやって眺め、竜崎は謙二朗をそっと横抱きに抱え上げた。

本当は、このまま自分のアパートへ持ち帰りたいところだ。そして目が覚めるのを待ち、自分の無実を訴え、誤解を解いたらこの前の続きだ。

あの時は殴られたが、今度はそうはいかない。

耕太をオリーヴの店に置いてきたので送り届けたらすぐに戻らなければならないが、本当はあの声をもう一度聞きたい、自分の愛撫《あいぶ》に我を失う姿を見たい——そんな妄想に捕らわれながら、裏口からそっと出ようとする。

だが、人の気配に気づいて振り返ると、店に戻ったはずの深見が再び戻ってきて鬼のような形相で立っているではないか。

仁王立ちする男に、思わずぎょっとする。

「な、なんだよ？」

いつから見ていたのか――。

邪《よこしま》なことを考えていただけに、さすがの竜崎も蛇に睨まれた蛙《かえる》だった。ガマの油が額から滲《にじ》み出そうである。

「――ふん。そのニヤけた面、なんとかしろ」

これ以上なく不機嫌な顔でそう言い捨て、深見は踵《きびす》を返す。

ドアがバタン、と閉まると竜崎は『何をしに戻ってきたんだ……』と啞然《あぜん》とした。どうも一言言ってやらねば気が済まなかったのだとわかり、ブラコンはまだ健在だったと半ば呆れた。

鬼姑《おにしゆうとめ》。

そんな言葉が脳裏をよぎる。

深見は、まるで大事な一人息子を取られたかのような顔だった。夜中に延々と呪詛《じゆそ》でも唱えていそうである。もしかしたらどこかの神社の木に、竜崎と書いた紙のついたわら人形が五寸釘《くぎ》で打ちつけられているのではないかと思った。

白装束に身を包み、頭にロウソクを立て、夜な夜な丑《うし》の刻参り。

あり得る。

笑えない。

やはりあの男に正直に言ったのはマズかったか……、と今さらながらに思いながら、竜崎は『J&B』の裏口からそっと出ていった。

　謙二朗が目を覚ましたのは、竜崎が名残《なごり》惜しそうな視線を残してアパートを去ってから三十分ほどが経ってからだった。

（……ん？）

　何かの音に起こされ、ゆっくりと目を開けた。

　頭はまだ完全に目を覚ましてはおらず、何か音がするなと思いながらもぼんやりとしていた。寝起きはあまりいい方ではなく、いつも起きてしばらくは動き出せないことが多いが、滅多に呑まない酒がさらに寝覚めを悪くしたようだ。

「痛ェ……」

　そう呟きながらなんとか身を起こす。

　確か『J&B』で呑んでいたはずだと思ったが……、と辺りを見回し、自分の部屋だと気づいて誰がここまで運んだのだろうと不思議に思った。そして、先ほどから玄関のドアが音を立てているのに気づく。

（誰だ……？）

　謙二朗は面倒に思いながらも、玄関へ向かった。覗き窓から外を見ると、途方に暮れたようにドアの前でうろうろとする耕太の姿を見つけ、急いでドアを開けてやる。

「耕太っ！」

「……っ！　あー、びっくりした。なんだ、いたのかよ？　チャイム鳴らしても出ないし電気も消えてるから、てっきりいないかと思った」

謙二朗の顔を見ると、耕太はほっと安堵したように笑った。まるで、迷子《まいご》になっていた子供が母親を見つけたかのようだった。

いつからここにいたのだろうか。

時計を見ると、十二時を過ぎている。

「何やってんだ？　どうやって来たんだよ？　ここに来ることは竜崎さんにちゃんと言ってあるのか？」

「ううん。黙って来た。タクシー使ったからもう小遣いほとんどなくなったんだ」

「とにかく入れ」

ドアを大きく開けてやると、耕太はおとなしく中に入った。様子が少しおかしい気がして、その表情をそっと窺い見る。

(何かあったのか……？)

謙二朗はちゃぶ台を出し、冷蔵庫に入っていたコーラの缶を渡してやった。するとしおらしい態度で『ありがとう』なんて言う。

だが、それを開けようとはせずに、しきりに手で弄《もてあそ》ぶのだ。意味もない手の動きに耕太の落ち着かない気持ちが現れている気がして、ますます心配になってくる。

耕太のこんな態度は初めてだ。

「お前、腹は？　減ってないか？」

「うん、大丈夫。オリーヴさんのところで喰った。謙二朗は？」

「あー、そういや俺は喰いっぱぐれたな。酒はちょっと呑んだけど」

思い出したように言うと、『だから一緒に来ればよかったんだよ』と小さな声で返してくる。ふざけた口調だったが、俯《うつむ》いたまま顔を上げようとはしないのが今の耕太の気持ちをすべて表しているようで、それが余計に痛々しく思えた。

なぜか元気づけてやらなければいけない気がして、つとめて明るい声を出してみる。

「な。お前、オリーヴさんのとこで何喰ったんだよ？」

「インゲンとにんじんとを牛肉で巻いたやつ」

「トマトソースで煮込んであるのか？」

「そうそう。あれ、旨いね」

「オリーヴさんって料理の天才だよな」

「うん、俺もそう思う。初めて見た時は派手なおばちゃんだなーって思ったけど、料理は上手いし優しいし、最高」

表情を柔らかくする耕太を見て、謙二朗もつられて笑った。

憎たらしいガキだが、こんな態度を取られるとやはり可愛く思えてくるのかと、少し自分が不思議に思えた。自分に弟がいればこんな感じなのかと、いまだに過保護な自分の兄のことを思い出す。

だが、ようやく笑顔が戻ったというのに、ベッドの枕許《まくらもと》に置いてあった謙二朗の携帯が鳴ると、耕太はまるで恐れていたものがやってきたというようにビク、と反応した。静まり返った部屋にマナーモードにした携帯の音が断続的にヴゥゥ……、ヴゥゥ……、と流れ、耕太の表情がますます硬くなる。

その様子に気をつけながら電話に手を伸ばすと、耕太は思いきったように声を上げた。

「あのさ……っ」

「……？　なんだ？」

「あの……その電話さ、竜崎さんからだったら俺がここにいること言わないで欲しいんだ」

竜崎さん――謙二朗はその言葉を聞き逃さなかった。

親父ではなく、竜崎さん。

いったい何があったのだろうと思い、謙二朗は取った携帯をもう一度置き、タバコに火をつけてじっと待った。それが鳴りやむと、耕太は安心したような顔をし、思い出したようにコーラの缶のプルトップを押し開ける。

そして一口呑んで喉を潤すと、上目遣いで謙二朗を見て意を決したように口を開いた。

「俺、本当は気づいてたんだ」

「……何を？」

「俺の親父が竜崎英彦じゃないってこと」

「！」

予想だにしなかった言葉に、謙二朗は言葉が出なかった。どういうことだ……、と次の言葉をじっと待っていると、耕太は言いにくそうに続ける。

「謙二朗って血液型、何？」

「Aだけど？」

「あ、俺もだ」

そこまで聞いて、何を言おうとしているのかなんとなくわかった気がした。

謙二朗が小学生の頃、両親の血液型の組み合わせによって生まれてくる子供の血液型が決まるという話がクラスで持ち上がったことがあった。女子なんかは『自分はもしかしたら貰われっ子なんじゃないか』と言って騒いでいた。そういう話に憧《あこが》れる年頃だった。

「お袋はO型なんだ。友達に聞いたんだけど、お袋がO型で俺がA型だったら、親父はAかABじゃないと俺は生まれないんだって。竜崎さんは……」

言いかけて、事実を認めたくないというように耕太は口を閉ざす。

その先は、謙二朗が続けた。

「O型、だよな」

「……うん。オリーヴさんのお店によく来る翔ってのがいるじゃん。あれに聞いたんだ。つい何時間か前なんだけど」

なんとか口許に笑みを浮かべるが、寂しそうな表情は隠しきれなかった。無理して笑う必要などないのに、無理をするから余計痛々しく感じる。

（ったく、余計なこと言いやがって……）

謙二朗は、舌打ちしたくなった。

事情を知らない翔に責任はないが、やはり文句の一つも言いたくなる。

「でも、本当はさ、ずっと前から薄々気づいてたんだ」

「竜崎さんが本当の父親じゃないってことか？」

「うん。俺さ、小一くらいの時に聞いたんだよ。近所のババァに。俺の親父ってすげー酒呑みでろくでもない奴だったんだって。俺が持ってる写真は、お袋が赤ん坊だった俺を抱えて親父から逃げ込んでた交番のお巡りだって。俺が生まれた後に来たから、あの警官が父親のわけがないって笑ったんだ。だから、俺、確かめにきたんだよ」

「どうやって捜したんだ？」

「探偵になったってところまではお袋から聞いてたから、番号案内とか電話帳とか。俺、来る前に一応電話したんだぜ？　竜崎英彦さんをお願いしますって。多分、電話に出たのは謙二朗だったよ。替わってくれって言って待ってる間に切ったけどな」

覚えていなかった。

だが、この歳でそこまで考えて行動を起こすなんて、耕太がどれだけ真剣な思いで竜崎を訪ねてきたかというのは痛いほどわかった。

相当ため込んでいたのだろう……。言い出したら止まらなくなったというように、耕太は近所のババァとやらに聞かされた男の話を始める。

酒に溺れ、女とギャンブルに狂っていたこと。母親に暴力を振るっていたこと。耕太に折檻して救急車まで来たこと。そして、障害事件を起こして刑務所に入れられたこと。

よくもまぁ、小学一年生の子供にそんな話をしたもんだと呆れ返った。世間とは時折、残酷なまでに無責任になることもある。

「そのババァさ、近所でも変人で有名だったから、信じてなかったんだ。そんなこと信じたくもなかったし……。でも、本当のことが知りたくて」

「そうか」

「あの人が……俺の親父だったら、よかったのに……っ」

堪《こら》えきれなくなったのだろう。耕太は深く項垂《うなだ》れて嗚咽《おえつ》を漏らし始めた。どうしていいのかわからず、謙二朗は耕太の隣に行き、並んで座った。

金髪の頭と耳に光る五つのピアス。そして震える小さな肩。アンバランスだ。

「なぁ、耕太。竜崎さんはお前に『俺がお前の親父だ』って言っただろ？　だったら、竜崎さんが親父ってことにしていいんだと思うぜ？」

「……っ」

「世の中にはさ、血の繋《つな》がらない親子なんていくらでもいるし」

言いながら、こんな気休めなど言ってなんになるだろうかと思った。もう少し気の利いた言葉はないのかと、歯痒《はがゆ》くなってくる。

だが、それでも言わずにはいられない。

「お前、竜崎さんの子供になれ」

「そんなの、無理に決まってんじゃん」

「無理なもんか。あの人がいいって言うんなら、それでいいんだよ。難しいことなんて考えるな」

「でも……そんなの無理だ」

何度諭しても頑なに首を横に振る耕太に自分の無力さを痛感させられ、オリーヴの胸で泣いた時のことを思い出す。あの時は優しくぎゅっ、とされるだけで救われた気がした。

言葉で慰められないのなら、抱き締めればいい。

オリーヴが身をもって教えてくれたことだ。

あそこまでの包容力はないが、少しでも耕太の慰めになるのなら抱き締めていてやりたいと思う。謙二朗は持っていたタバコを灰皿に押しつけ、耕太のことをぎゅっと抱き締めた。

「！」

「なぁ、俺の話も聞けって。竜崎さんはさ、お前の本当の父親じゃないって知ってたのに『違う』なんて一言も言わなかったんだぜ？　そうだろ？」

「……うん」

「俺だったらたとえ知り合いの子供だったとしても、身に覚えのないガキに『俺が親父だ』

なんて言わねーよ」

ようやく自分の話に耳を傾ける気になった耕太に、謙二朗は精一杯の言葉を注ぎ込む。

「竜崎さんがいいって言ってんだったらそれでいいんだよ。お前がそれを望むんならそうしていいって、あの人は本気で思ってんの。世間体とか常識とか全然関係ないんだから」

「そうなの？」

「ああ。ほんと、滅茶苦茶《めちゃくちゃ》なオヤジだろ？　だから、もう深いことは考えるな。考えるだけ損。お前がそうしたいうちは甘えろ」

その言葉に耕太はようやく納得したように、腕の中で何度も頷《うなず》いてみせた。

「うん。……うん。そうする」

えぐっ、えぐっ、と、自分の鼻水で呼吸困難になっているのではというような状態の耕太を見て、知らず笑みが漏れた。

年上に向かって謙二朗呼ばわりするわ、女子大生相手にナンパはするわで滅茶苦茶なガキだが、やはり十二歳の子供だ。きっと母親のために背伸びをしていたのだろう……。

そんな意地っ張りの子供をしっかりと抱き締めてやった。そして泣きじゃくる耕太の頭を撫でながら、ぼんやりと思う。

（竜崎さん。アンタ、すごいな……）

竜崎は自分の息子でないことを承知で、父親を演じていたのだ。耕太の母親と何を話したのかはわからなかったが、本当にすごいと思った。

悔しいが、惚《ほ》れ直した。懐の深さが違う。

もしかしたら、耕太の母親に何か特別な思いを抱いていたのかもしれない。そして今でもその思いをそっと抱き続けているのかもしれない——そう思うと少し胸が疼くが、それならなおさら他の男の子供を自分の息子と言える竜崎をすごいと思った。

耕太がそのまま寝てしまうと、謙二朗は竜崎の携帯に連絡を入れた。竜崎は耕太を必死で捜しているようで、コール一回ですぐに電話に出る。

「あ、竜崎さん？」

『謙二朗か？　実は今な、耕太の奴が……』

「ああ、ここにいるよ。泣き疲れて寝てる。竜崎さんが自分の父親じゃなかったのがやっぱりショックだったみたいだな」

そう言うと、少し間を置いてから返事が返ってくる。

『……聞いたのか？』

「ああ。耕太は最初から薄々気づいてたみたいだぜ？　確かめにきたんだってさ。でもやっぱり事実を知るのはショックだったんだよ」

どういういきさつで耕太がそのことを知ったのかをかいつまんで話して聞かせると、竜崎は『そうか』と短く応える。

「耕太はもう大丈夫だから、今日は俺のところに泊めるよ」

そう言い残して電話を切ろうとして、呼び止められた。

『あ、そうだ。謙二朗』

「なんだよ？」

『お前の部屋の鍵《かぎ》、新聞受けに放り込んであるからな』

「……」

思わず返事に詰まる。そして『やっぱりここまで運んでくれたのは竜崎だったか……』と口許を緩めた。酔いつぶれた理由を聞かないでいてくれたのは、正直ありがたい。

「竜崎さん」

『なんだ？』

「俺――……」

そこまで言って、謙二朗は言葉を切った。

アンタが好きだ。

あまりに自然に浮かんできたことに少し驚くが、とうの昔に気づいていたことなんだと思わせられた。随分前からそう思っていた。

だが、絶対に言ってやるもんかと相変わらずなことを考える。

『なんだよ？』

「別に……なんでもねーよ」

謙二朗は挑発的に笑うと電話を切り、それをテーブルの上に置いた。

耕太が自分の母親のもとへと帰っていったのは、その二日後だった。

『やっぱり俺、竜崎さんを親父って思うのやめることにした。気持ちだけ貰っとくよ』

いつものちょっと生意気な態度に戻った耕太は、そう言って新幹線に乗り込んだ。

『俺わかったんだ。自分の親父が誰かなんて本当は小さなことなんだって。大事なのけ俺がどういう人間になるかってことだよ。竜崎さんはさ、俺のお袋が出会った中で一番イイ男だったらしいから、アンタより格好いい男になることにした。そっちの方がいいだろ？　ライバルってやつだよ』

耕太が無理をしているのではないとわかると、竜崎は『そうか』と言って見送りに来られないオリーヴがお昼にと用意した重箱を渡した。耕太はずっしりと重いそれを両手でしっかりと受け取り『サンキュ〜』と笑顔を見せる。

何か一つ吹っ切れたような表情が印象的で、耕太にとって真実を知るのは意義のあることだったのだと思えた。

新幹線が小さな台風の目を運んでいくと、二人は竜崎の車で事務所に戻った。

沖縄はすでに梅雨入りをしているというのに、今日の空はまるで常夏の空を切り取った写真のように見事に晴れ渡っており、謙二朗は窓を開け放った。外からは、道路工事の音や車の走行音が風に乗ってやってくる。

ゆったりと構えた空の下で繰り広げられる、雑多な日常。

耕太がいたのはたったの一週間だったが、いざいなくなると、事務所が少し寂しげにしているように見えた。

「あいつ、思ったより大人だったな」

「そうだな。生意気なだけのマセガキと思ってたけど」

すっかり遅くなってしまったが、謙二朗は事務所の掃除を始めた。二人が抱えている仕事の区切りがついていたので、この二日間は電話と新規の依頼人の見積もりだけ受け、耕太のために開店休業状態にしていた。

手早く床を掃き、ゴミを集める。椅子に座って机に足をドカリと置く音がしたので、掃除くらい手伝えと文句の一つでも言ってやろうと顔を上げる。

「ところでアンタさぁ……」

「耕太の母親とは、なんにもねーぞ」

「！」

竜崎は咥えタバコのままこちらを見ていた。目が笑っている。

さっきからずっと見られていたのかと思うとなぜか急に恥ずかしくなってきて、謙二朗は無意識にゴクリと唾《つば》を呑んだ。何もかも見透かしたような竜崎の視線に晒されると、まるでファインダー越しに覗かれているような気分になってくる。

その視線の対象であることを強く意識させられるのは、なんだか居心地が悪かった。

「気にしてねーよ、ばーか」

そう返すが、竜崎は愉しそうに続ける。

「なんだ。気にしてるんじゃないかって期待してたんだがな」

「……」

図星をさされてつい目を逸《そ》らした。竜崎の言う通り、本当は少し気にしていた。

(あ、くそ……)

頬が熱くなるのがわかり、どうやって誤魔化《ごまか》そうかと考える。

だが、いったん取り繕っていたものがはがれ出すと、後は何を言っても無駄だというのはわかっていた。

特に竜崎のような相手には、どんな手も通用しない。

シン……、と静まり返った事務所の中に外の雑音が絶え間なく流れ込み、竜崎が椅子から立ち上がる音が重なる。足音が自分の方へと近づいてくるのを、息を殺すようにして待った。

本能が危険を感じ取るが、心はすでに甘い期待の虜《とりこ》にされている。

「……逃げないのか？」

目の前に立たれてそう聞かれるが、何も答えなかった。わざとゆっくりと顔を傾けてくる竜崎の唇に目を奪われ、それが重ねられる瞬間まで見惚《みと》れるように見ていた。

目を閉じ、受け入れる。

手から滑り落ちたほうきの柄がカン、と床を叩いた。

「ん……」

最初は軽く、そして少しずつ情熱的になっていくそれに躰から力が抜けていった。角度を変え、舌を絡ませてくる竜崎におずおずと応える。次第に頭がぼんやりとなり、自分がちゃんと立っているのかすらわからなくなってきた。

「今日は素直だな」

「……」

「おい、何か言えよ」

そう言われた途端、事務所の電話が鳴り、謙二朗は視線だけそちらに向けた。

「……電話」

思わず言った言葉に竜崎は苦笑し、再び顔を傾けてくる。

「今日は休業だ」

「仕事、またサボる……——んっ」

唇を塞《ふさ》がれ、熱い口づけを交わす。

この二日間、仕事をしていないのにと思うが、正直言うと今さらやめられても困るというのが本音だった。自分でも信じられないくらい、高まっていた。

竜崎がこれから自分に何をしようとしているかわかっているはずなのに、逃げるどころかそれを望んですらいるのだ。耕太が来る前の、あの晩にされたことを思い出し、発情している自分がいることに驚きを覚え、いつの間にこんな男になったのだろうと思った。

「竜崎さん……」

まるでその相手を確認するように、無意識に名前を呼ぶ。

昔、母親に異常な関係を強いられ、少年院ではギラついた視線を浴びせられ、性的なことすべてがおぞましく感じていた時期があった。他人の視線に敏感になり、自分に少しでも何かしらの興味を持っていようものなら吐き気をもよおすほどに症状が悪化したこともある。

だから自分はもう、誰とも抱き合うことができないのだと思っていた。好きな相手と口づけを交わすどころか、手を繋ぐことすら叶《かな》わないのだと。――いや、それ以前に誰かを好きになることすらないと思っていた。

それなのに、竜崎に出会ってから随分と変わった。

好きな相手に触られて興奮する悦び――。

耕太の一件で竜崎に対する思いを再確認させられたせいか、いつもより少しだけ素直になれる気がする。

「ほら、座れ」

促され、言われた通りにソファーに座った。すると竜崎は謙二朗の前に跪《ひざまず》き、ズボンのファスナーに手をかけて前をはだけさせた。そして下着をずらし、すでに硬くなったそれを外気に晒す。

「ちょ……っ」

「いいから、おとなしくしてろ」

含む。

まだ日は高いというのに、こんな場所で下半身を剝《む》き出しにされるなんて恥ずかしくて死にそうだ。だが、竜崎はなんのためらいもなく親指の腹で擦《こす》り上げ、おもむろにそれを口に含む。

「！」

「――っ！」

その瞬間、微《かす》かに覗いた舌先が先端に触れるのが見え、視覚的な刺激に思わず声が出た。

「あ……っ」

竜崎の舌は容赦なく弱い部分を吸い、執拗《しつよう》に舐《な》め回す。あまりの快楽に逃げ出したくなるが、手首をしっかりと摑まれ、指を喰い込ませられた。

ねっとりと絡みつく舌はまるで生き物のように、縦横無尽に蠢《うごめ》く。

「……ぁ……っ、待……っ、まだ……――っ」

濡れた音を立てながら、竜崎は中心をゆっくりと愛撫した。びくびくと躰が反応するのが恥ずかしいが、どうにもならない。

窓は開け放ったまま、ソファーに座らされて口でいたされているこの状況が信じられなかった。世間はまだ忙しく動いているというのに、自分はこんなところでこんなことをされて快《よ》がっている――そう思えば思うほど躰は理性の手を離れていき、貪欲《どんよく》に快楽を求めてしまうのだ。

「あ、……ダメ、だって………っ」

目眩《めまい》を起こしながら訴えるが、竜崎は弱い部分を舌で執拗に愛撫する。先端を生暖かいもので擦られると、迫《せ》り上がってくるような快楽に我を忘れた。

「竜崎、さ……。も……、……出そ……」

鼻にかかった声で言うときつく吸われ、堪えきれずに下半身を震わせる。

「ぁ…………っ、——あ……っ！」

竜崎はゴクリと喉を鳴らしてそれを呑み干した。そして、軽く吸うようにして最後の一滴まで舐め取ってしまう。

「早かったな。そんなによかったか？」

満足そうに唇をペロリと舐めるその口許を見て、目許がかっと熱くなった。竜崎の男っぽい色気に、身も心も蕩けそうになる。

「こんなことをしてやるのは、お前だけだぞ」

「……っ」

「ほら、もっと詰めろ」

竜崎は膝でソファーに乗ってくると、謙二朗と向かい合わせになった。ソファーの背もたれと竜崎の間に挟まれるような格好になり、身じろぎすら満足にできなくなる。

今、何をされても逃げることなどできない。

そう思うとにわかに怖くなってくるが、竜崎は容赦なくはだけたズボンを全部はぎ取り、足を大きく両側に広げる。

「心配するな。優しくしてやる」

まるで自分の気持ちを見透かされた気がして、謙二朗はつい、意地を張ってしまった。

「……誰も、そんなこと、頼んで……」

「なんだ？　酷《ひど》くして欲しいのか？」

「……っ」

目が合うと、意地悪そうな笑みを漏らしながら『冗談だよ』と言った。

すべてのことにおいて竜崎に敵《かな》うわけがないとわかっていても、こんなふうに余裕を見せつけられると、つい一言入ってしまう。

「アンタ……、性格、悪いぞ……」

「お前が素直じゃないからだ」

竜崎は自分の指を舐め、唾液《だえき》でたっぷりと濡らした。そして、固く閉ざした蕾《つぼみ》をゆっくりとほぐし始める。

（う……）

やはり、この瞬間というのは慣れない。

息が詰まったようになり、意識して声を出さないようにしていないとつい鼻にかかった声が漏れてしまう。しかもそれはただの苦痛によるものではないことがわかっているだけに、女のように喘ぐ自分が恥ずかしくてたまらないのだ。

男のくせにどうしてこんなに感じてしまうのか。

こんな躰が恨めしい……。

「恥ずかしいか？」

「……っ」

「じゃあ、俺のも触れ。服の上からでいいから」

そう言って竜崎は謙二朗の手を取り、自分の股間《こかん》に押しつけた。そこはすでに硬く勃《た》ち上がっており、その逞しさに思わずためらいを覚える。

「どうだ？　立派だろ？」

クス、とイタズラっぽく笑いながら言い『お前に挿《い》れたくてうずうずしてる』とつけ加えた。あまりに恥ずかしい台詞に『信じられない』とつい憎まれ口を叩いてしまう。

「……っ、……言うことが、オヤジなんだよ……っ」

「言葉で感じるようになったか？　いい傾向だな」

「だ……っ、誰、が……っ」

「こいつを、お前に挿れてやる」

「い、言うなって……」

「お前の中を、これで擦ってやる」

耳元で揶揄《やゆ》されると、そうされているこの状況にすら感じてしまい、自分はどこか壊れてしまったのではないかと思った。

男のくせに……、と何度唱えたことだろうか。

「ぁ……っ」

「ほら。もうこんなになってるぞ」

竜崎は口許に笑みを浮かべながら戯れるようにわざといやらしい言葉を並べ立て、大袈裟に演じてみせた。怒っているのは恥ずかしいからだとわかっているのか、一向にやめようとはしない。

「中を擦って欲しいか？」

「……っ」

いい加減にしろ……、と睨んでみせるが、竜崎はますます愉しそうにして刺激を強くしてくる。微かに濡れた音がして、それが羞恥《しゅうち》を煽《あお》る。

「んぁ……っ、……っく」

「どうだ？」

「こういうのもイイだろ？」

「よく、ねぇよ……っ」

「嘘つけ」

「——ぁう……っ」

なんでそんな意地悪を言うんだ……、と抗議したい気持ちに駆られるが『苛《いじ》めないで』と懇願するみたいで、それもできなかった。意地っ張りの性格が謙二朗を追いつめている。

「もう、いいか？」

竜崎がそう言うと、謙二朗は思わず身構えた。

カチャ、とベルトのバックルが音を立てると、これからされることを意識させられる。

もう戯れはおしまいだ。

自分のズボンのファスナーを下ろす竜崎の仕種を見て頬が染まり、あてがわれただけで感じた。その眼差《まなざ》しは心まで射抜くように真剣で、もう何をされてもいいという気になる。

「——痛……っ」

謙二朗は竜崎の肩に手を置き、シャツをぎゅっと掴んだ。十分にほぐされたはずなのに一つになることはまだ容易ではなく、逃げられないとわかっているのに、それでも無意識に逃げようとしてしまう。

「力を抜け」

「ぅ……っく」

「息を詰めるな」

「ぁ……っ」

「そうだ。……緩めて、呑み込め。覚えてるだろ？」

「——んぁ……っ」

ぐぐ、とそれが入り込んでくると、思わず爪《つめ》を立てた。嫌ではないのに侵入を拒もうと膝を閉じてしまう。すると竜崎は、少し迷ったような仕種をしてから不意に真面目な顔をした。

「少し無理するぞ」

言うなり、双丘を両手で押し広げるようにし、容赦なく腰を進めてくる。

「——痛……っ、や……、ぅ……っく！」

それから逃げようとするが、引き裂かれるような感覚に声を上げる。

「ぁ……っ、——ぁあ……っ！」

いきなり根本まで深々と収められ、中をいっぱいにされた。乱れる呼吸を整えようとするがそれもままならず、あ、あ、と小刻みに声を漏らす。

「大丈夫か？」

額に唇を押し当てられ、何度もキスをされる。痛みなのか熱なのかわからず、広げられたそこがずっと疼いていた。

どうしていいのか、わからない。

「辛《つら》いか？」

「なん、だよ……っ。いきなり……、ひでぇ……」

「ああ、悪かった」

耳朶《じだ》を甘嚙みされると力が抜け、迫り上がるような快楽に目眩を起こした。もう、すぐにでもイッてしまいそうで、それに耐えるのが辛い。中をいっぱいにされた苦しみはまだ残っているというのに、いきなりやってきたその感覚に驚き、戸惑いながら助けを乞《こ》う。

「りゅ、ざきさ……っ」

「どうした？　イキそうなのか？」

恥ずかしさに耐えながら頷くと、中心に手を伸ばされて擦られた。次第に力が抜けてきて少しずつ楽になっていき、そして促される。

後ろに咥え込まされたまま前を嬲《なぶ》られ、あっけなく絶頂はやってきた。

「――ぁ……っ！」

その瞬間、びくびくと恥ずかしいくらいに躰が震え、繋がった部分がきつく閉まるのが自分でもわかった。そして自らが起こす収縮のせいで、自分の中に深く収められたそれの逞しさを痛感させられる。

「少しは楽になったか？」

「はぁ……っ、……っ」

呼吸を整えようとするが、思うように上手くできない。そしてそんな謙二朗を竜崎はさらに追いつめる。

「……可愛いぞ」

そう言い、手の中に零された白濁を後ろに塗り込め、ゆっくりと腰を回すようにしながら中を擦り始めた。内壁を擦られる感覚はなんとも言えず、それに翻弄《ほんろう》される。

「あっ！　……あ、んぁ……っ」

竜崎の先端が奥に達するたび、じんじんと爪先《つまさき》が痺《しび》れた。おまけに膝は震え、呼吸は乱れ、鼻にかかった声が絶え間なく漏れてしまう。窮屈な場所でこんなふうに抱かれていると、とてつもなくいけないことをしているような気がして、ますます興奮した。

すでに苦痛はなくなっており、代わりに疼きが躰を征服しようとする。

（あ……。すご……い）

「竜崎、さ……っ、――ぁ……っ」

謙二朗は無意識に躰をのけ反らせ、下から突き上げてくる竜崎の腰使いに夢中になっていた。
ギ、ギ、と革張りのソファーが軋《きし》んで、この行為をよりいっそう獣じみたものにしていた。
背もたれに頭を預け、天井を仰ぎ見るようにして切なげに眉をひそめる。

「んぁ……っ、……っく、……ぁっ、……はぁ……っ」

油断するとまたイッてしまいそうで、そんな自分が信じられない。

謙二朗は凄《すさ》まじい快楽に翻弄されながら、竜崎は自分のこんな姿を見て嫌いにならないのかと思った。

みっともない姿。みっともない声。みっともなく濡れる躰。

たった今イかされたばかりだというのに、先端からはすでに透明な蜜《みつ》が溢《あふ》れ出しており、それが裏筋を伝って流れ落ちている。

竜崎にしてみれば、好きな相手が自分の腰の動きに合わせて喘ぎ、前を張りつめさせて濡らしている姿を見るのはとてつもない悦びなのだが……。

「……どうだ？」

「あ。あっ」

「奥がイイのか？」

「りゅ、……ざき、……さ……っ」

「ここか？」

そう聞かれ、恥を忍んで告白した。

「……ぁ、……そこ」

そう言うなり、竜崎は膝の裏側に手を差し込み、持ち上げるようにして奥を突いた。足のつけ根が痛くなるが、それ以上に繋がった部分が熱く疼いてひくひくとなり、再び熱が迫り上がってきた。

どこか壊れたのでは……、と思いたくなるほど際限なく襲ってくるその感覚に、どうしようもなくなる。

「イきそう、か……？」

「ぅ……っく」

「イッてもいいんだぞ」

そう言われるが、首を横に振って頑なに拒んだ。もうこれ以上、自分だけ気持ちよくなるのは嫌だった。すると竜崎は謙二朗の気持ちがわかったのか、躰を抱え直して横に寝かせると、足を肩に担ぎ上げてこう言う。

「お前がイくと、俺も気持ちいいんだよ」

膝が胸につくほど小さく折り畳まれて苦しくなるが、ひとたび腰を使われると信じられないくらい感じた。

苦しくて、そして快《よ》くって、目眩がした。前後不覚になって喘いでいると、腰を浮かせるようにして前後にゆっくりと揺すられる。

「――んぁあ、あ、……りゅ、……ざき、さ……っ」

次第に声を押し殺すことすらもできなくなり、涙声で許しを乞う。

「ぁ……、……や……っ」

どんなに『待ってくれ』と懇願しようが、容赦なく快楽を注いでくるのだ。もうこれ以上
されるとおかしくなってしまうのではと思うが、行為はますます濃厚になっていく。

感じている表情を見られまいと顔を背けて自分の指を噛んで耐えていたら、うなじに唇を
這わせられる。

「は……っ、……ぁ……っ」

ゆっくりと出し入れされながら耳やうなじを舐められ、甘い戦慄《せんりつ》がぞくぞくと躰を走り抜
ける。竜崎は腰を使って自分の欲を満たしながらも、謙二朗を悦ばせることも忘れなかった。

「謙二朗、……愛してるよ」

熱い息をゆっくりと吐きながら、そう囁く。

そんなふうに気持ちを見せつけられるとどうしようもなく高ぶってしまい、こんなに感じ
ていいのかと思いながらも、謙二朗はこの行為に身も心もどっぷりと浸《つ》かった。

「……ぁう……っ」

目を覚ました時、外はすっかり日が落ちていた。

窓のブラインドはすべて下ろされ、事務所の中は静まり返り、ほんの数時間前までここで激しく抱き合っていたなんて思えないほどだった。躰に残る気怠《けだる》さはいっそ心地よいくらいで、頭は思ったよりすっきりしている。

ただ、自分の躰に竜崎の感覚がまだ残っているのが少し恥ずかしいだけだ。

「起きたか？」

竜崎は自分の机でタバコを吸っていた。満足げな表情に、なぜかムッとする。

謙二朗はソファーの背もたれにかけてあった自分のシャツを取り、それを羽織って自分の躰の様子を窺いながらゆっくりと立ち上がった。

少し膝は震えるが、自力で立ち上がるだけの力は辛うじて残っていた。

「大丈夫か？」

「──大丈夫だよ」

聞くな、とばかりに言い放ち、謙二朗はシャワールームへと向かった。足に力が入らずにふらふらとするが、それを悟られまいと努力する。竜崎の視線が届かないところまで行くとホッと息をつき、シャワーの温度を調節してからシャツを脱いだ。

（いてて……）

温《ぬる》めの湯が肌を優しく叩き、少しずつ体力が回復していく。

頭をざっとシャンプーで流し、今度は石鹸《せっけん》を泡立てて躰を洗った。恐る恐る後ろに手を伸ばしてそこに触れてみたが、酷いことにはなっていなかった。あんなに濃厚で激しい行為だったというのに、自分は意外と丈夫にできているんだろうかと思った。

だが、ふと気がつく。

竜崎は謙二朗を犯したのではなく、抱いたのだ。どんなに激しい行為でも、性欲を処理するためではなく、好きな相手を抱くためであれば優しくできるものだ。

あとは、経験とテクニック。

自分でも信じられないくらい感じてしまったことを思い出し、己の罪な躰を呪《のろ》いたくなる。

汗を流し終えると、何かの時のためにと買い置きしてある新しい下着を身につけ、シャツに袖《そで》を通した。事務所に戻ると、竜崎は先ほどと同じ姿勢で座っている。『大丈夫だったか？』と言いたげな視線には気づいていないフリをし、無言で雑巾《ぞうきん》を持ち出してアルコールで革のソファーを黙々と拭き始めた。

ついに、来客用のソファーを使ってしまった――とんでもない禁忌を犯してしまった気分である。

「さっきちゃんと拭いたぞ」

「消毒はしてないだろ？」

「そこまでするか？　毎日風呂《ふろ》は入ってるぞ」

「そういう問題じゃねーだろ？　それに気分的なもんなんだよ。がさつなアンタにはわかんねーだろうけどさ」

謙二朗はぶすっとした顔でそう言い放ち『頼むから何事もなかったような顔をしてくれ』と心の中で唱える。慣れていないからか、こういう行為の後どんな顔をしていいのかわからない。竜崎は好きだが、男としては複雑な心境だ。

するると、竜崎は軽く溜め息をついて椅子から立ち上がった。

「貸せ。俺がやる」

「いいよ」

「いいから……お前はあっちに座ってろ」

屈《かが》み込んでそう言われたかと思うと、雑巾を取り上げられ、追いやられる。

謙二朗はいつも竜崎がいる机のところに座り、自分を抱いた男が自分たちの行為の後始末をするのをじっと見ていた。竜崎が咥えたタバコの灰が今にも落ちそうで、気になって仕方がない。

だが、それが落ちそうになったところで竜崎はテーブルの上のガラスの灰皿を使った。

「なんて顔してんだ」

「……」

「口がきけないほど疲れたのか？　そんなによかった……」

「――違うよ！」

調子に乗る前にと冷たく言い放つと、竜崎は呆れたように笑ってみせる。

「じゃあなんだ？」

「ここ、仕事場だってわかってんのかよ？」

「……ああ、そのことか」

竜崎は、ようやくそれに気づいたようだった。

これまでに三度抱かれたが、まだ一度もベッドを使ったことがない。用意周到にされるのは嫌だったが、事務所で何度も抱かれるのも考えものだ。

しかも、竜崎は一度始めるとなかなか終わらない。

「なんならホテルに行くか？　スウィートを押さえるくらいの金はあるぞ」

「冗談だろ……」

「お前がそうしたいんだったら俺は構わんぞ」

簡単に言われ、余裕のある態度にムッとした。反省の色すらない。

「いくらすると思ってんだよ。ンな金があるんだったらファックスとプリンター新調した方がいいよ。もうあれ寿命だぜ。何回修理に出しても調子悪いんだから」

「……ああ、そういやそうだったな」

「あと給湯器も」

そう言うと、竜崎はじっと謙二朗の顔を見てクックック……、と肩を震わせた。真面目な話をしているというのに笑うことはないだろうと睨みつけるが、竜崎には効いていない。

「何笑ってんだよ」

「いや。いい嫁を貰った気分だよ」

「誰が嫁だよ！」

　ムッとして、手元にあった消しゴムを投げつけた。それは竜崎の頭に当たり、跳ね返って床に落ちる。だが、それでも笑うことをやめようとはせず、消しゴムを拾ってからかい口調でこう続ける。

「掃除はマメにするし、細かいことに気がつくし、何より感度が……——痛……っ」

　最後まで言う前に、今度はボールペンを投げつけてやった。

「そう怒るな」

「そういうのをセクハラって言うんだよ！」

　そう言ってやるが、竜崎はタバコを咥えたままだにやにやしている。一人で怒っているのがこれまた癪で、もう一本投げた。

「へらへら笑ってんじゃねーよ！」

　だが、何度やっても懲りないようで、竜崎はいつまでも幸せそうにしている。

　そしてその時、事務所の電話が鳴り、謙二朗は思いきり不満な顔をしたまま電話に出た。

「はい、竜崎探偵事務所」

『あ、謙二朗？　俺』

　電話の主は耕太だった。目でそう合図すると、竜崎は雑巾を置いてこちらへやってくる。

「なんだ、耕太。もう家に着いたのか？」

『うん、ほんの今さっきな。俺さ、竜崎さんに言い忘れてたことがあったから電話したんだ。ちょっと代わってくれよ』

そう言われて受話器を差し出すと、竜崎はそれを受け取って机に座り、何やら話し始めた。

謙二朗は肘をついたままその様子を窺っていたが、どうやら面白くないことを言われたらしく、竜崎は『あ？』と不機嫌そうな顔をし、さらに『お前なぁ！』と声を荒げた。

だが、耕太は自分の言いたいことを言うと勝手に電話を切ってしまったようで、竜崎は受話器を置くと忌々しいという顔でタバコに火をつけた。

「どうしたんだよ？」

「あのクソガキ、この俺にライバル宣言しやがった」

「なんだよ今さら。それなら新幹線に乗る時にしてってただろ？」

そう言うと、竜崎はチラリと視線を向けて『ふぅ』と煙を吐いてこう続ける。

「『いつか謙二朗を奪ってやるから覚悟しとけよ』って言いやがったんだよ」

「……」

「翔から俺たちのことは聞いてたらしい」

それを聞き、子供相手にそんなことを言った翔に呆れるが、耕太が『デキる男ってのは女だけでなく男もやるんだってよ』と言っていたのを思い出した。そして、ふとバイクの後ろに乗せた時に言われた言葉が蘇《よみがえ》ってくる。

『だけど謙二朗もイイ腰してんな〜。今度やらせろよ』

あれを聞いたらどういう顔をするだろうと思い、チラリと視線を上げた。

竜崎は眉間に皺を寄せ、不機嫌そうにタバコを灰にしている。

小学生相手に本気になっている竜崎を見ていると笑いが込み上げてきて、謙二朗はケラケラと笑いながらいつもの仕返しとばかりにこう言ってやった。

「ま。せいぜい俺に捨てられないようにするこったな」

あとがき

こんにちは、もしくは初めまして。中原一也です。「愛とバクダン」はいかがでしたでしょうか。

この作品は私にとって通算十冊目の本になります（わ〜い、ぱちぱち）。デビュー当時は、いつ干されるんだろうとビクビクしておりましたが（や。実は今も結構ビクビクしてるんですが。笑）、応援してくださる方々のおかげでここまで続けてくることができました。

無精髭の不良オヤジというのは私の大好物なのですが、はじめは若いお嬢様がたにはどうだろうという不安もありました。でもそう敬遠されることもなく、自分でもかなり濃いキャラだなと心配していたオリーヴさんも意外に人気が高かったりと、作者としては嬉しい驚きがたくさんあった一作となりました。また、初めてのシリーズ物ということもあり、この作品で記念の十冊目を飾ることができたことをとても光栄に思います。

皆様のおかげでこのシリーズはもう少し続けさせて頂くことが決まっておりまして、この本が出る頃には、続編の原稿をせっせと書いていることでしょう。頭の中にはまだまだたくさんの妄想が渦巻いておりますので、お気に召しましたらおつき合い頂ければと思います。

あ。それからこのシリーズの原点ともいえる作品「KYOUHAN—共犯—」も未読の方はぜひ手に取ってやってくださいませ。竜崎の大学の頃からの友人・國武が主人公になっておりますが、竜崎と謙二朗も脇役で出ておりまして、少しばかり活躍もしております。

それでは最後になりますが、お世話になった方々にこの場をお借りしてお礼を申し上げたいと思います。

挿し絵を描いてくださった水貴はすの先生。いつも素敵なイラストをありがとうございます。水貴先生には個人的にもお世話になってまして、感謝してもしきれないです。これからも公私ともに末永くおつき合いくださいませ。

それからお世話になっている担当のS様、Y様。いつもご指導ありがとうございます。

少しでも面白い作品を書けるよう頑張りますので、これからも宜しくお願い致します。

そして、いつも応援してくださる読者様。読んでくれる方がいるということが、とても励みになっております。特にシリーズ物になるとお手紙やメールなどで聞かせて頂く感想が次のアイデアを生むこともあり、この面々は作者の手を離れて勝手に飛び回り始めております。皆様からのちょっとした言葉が、きっかけになることも少なくありません。作品というのは、自分一人で作るのではないのだなと思う今日この頃です。もしよろしければ、これからもいろいろなご意見をお聞かせください。

それでは、またどこかでお逢い致しましょう。

中原一也

◆初出一覧◆
愛とバクダン(シャレード2004年1月号)
愛とバクダン2(シャレード2004年5月号)
嘘と少年(書き下ろし)

CHARADE BUNKO
愛《あい》とバクダン

[著者] 中原一也《なかはらかずや》
[発行所] 株式会社 二見書房
東京都千代田区神田神保町1 5 10
電話 03(3219)2311[営業]
03(3219)2316[編集]
振替 00170−4−2639
[印刷] 株式会社堀内印刷所
[製本] ナショナル製本協同組合

落丁・乱丁本はお取り替えいたします。
定価は、カバーに表示してあります。
© Kazuya Nakahara 2004, Printed in Japan.
ISBN4−576−04193−2
http://www.futami.co.jp

CHARADE BUNKO

スタイリッシュ&スウィートな男たちの恋満載

中原一也の本

ヤリ手課長とデキる部下のめくるめく社内恋愛！

KYOUHAN〜共犯〜

イラスト＝水貴はすの　中原一也＝著

店舗内装会社の営業課長國武は、ある日仕事で入ったラブホテルで、部下の北川を抱いてしまう。一夜の過ちにするはずが、会社の同僚に見られており、対応を相談しようと訪れた北川の部屋で、さらにはオフィスでも関係を持ってしまう。躰から始まった二人の恋は、果たして成就するのか……！

CHARADE BUNKO

スタイリッシュ&スウィートな男たちの恋満載

中原一也の本

蜂蜜より甘いスロウライフ・ラブ♡

ミツバチの王様

イラスト＝こいでみえこ　中原一也＝著

海沿いに建つ喫茶店「香粉」の跳ねっ返り美人マスター杉崎は、地元の養蜂家・謝花が作る風味絶佳の蜂蜜をメニューに取り入れたいのだが、何度直談判に赴いてもけんもほろろの応対。それならばと謝花の手伝いを始めるのだが、思わぬところから杉崎の曰くつきの過去が蒸し返されることになり……。

Charade新人小説賞原稿募集！

短編部門
400字詰原稿用紙換算
100～120枚

長編部門
400字詰原稿用紙換算
200～220枚

募集作品 男の子同士、男性同士の恋愛をテーマにした読み切り作品

応募資格 商業誌デビューされていない方

締　切 毎年3月末日、9月末日の2回　必着（末日が土日祝日の場合はその前の平日。必着日以降の到着分は次回へ回されます）

審査結果発表 Charade9月号（7/29発売）、3月号（1/29発売）誌上
審査結果掲載号の発売日前後、応募者全員に寸評を送付

応募規定 ・400字程度のあらすじと応募用紙※1（原稿の1枚目にクリップなどでとめる）を添付してください　・書式は縦書きで1ページあたり20字×20行か20字×40行　・原稿にはノンブルを打ってください　・受付作業の都合上、一作品につき一つの封筒でご応募ください（原稿の返却はいたしませんのであらかじめコピーを取っておいてください）

受付できない作品 ・編集部が依頼した場合を除く手直し再投稿　・規定外のページ数　・未完作品（シリーズもの等）・他誌との二重投稿作品　・商業誌で発表済みのもの

そのほか 優秀作※2はCharade、シャレード文庫にて掲載、出版する場合があります。その際は小社規定の原稿料、もしくは印税をお支払いします。

※1 応募用紙はCharade本誌（奇数月29日発売）についているものを使用してください。どうしても入手できない場合はお問い合わせください ※2 各賞については本誌をご覧ください

応募はこちらまで　　? お問い合わせ 03-3219-2316

〒101-8405 東京都千代田区神田神保町1-5-10
二見書房 シャレード編集部　新人小説賞（短編・長編）部門 係